Spichtingers Morde

Monatsend

edition hochfeld

1. Auflage
November 2008
edition hochfeld, Augsburg

Umschlagkonzept und Gestaltung: edition hochfeld
Titelbild: Ullrich-Jürgen Schönlein
Lektorat: Hilke Bemm, Affing
Satzherstellung: Amann, Aichstetten
Druck und Binden CPI Ebner & Spiegel, Ulm
Printed in Germany

ISBN: 978-3-9810268-7-0
www.edition-hochfeld.de

An meine Eltern

Monatsend ist ein Kriminalroman. Handlung und Personen sind frei erfunden. Etwaige Namensgleichheiten oder Ähnlichkeiten mit lebenden Personen oder Ereignissen sind rein zufällig und unbeabsichtigt.

Herrgott, Margot! Ich hätte diesen aufgewärmten Bohneneintopf von gestern nicht auch noch verputzen sollen! Mir zerreißt's gleich alles! Wenn der Helbich noch lang braucht, dann kann ich mich nicht mehr halten!

»... ja, und wie Sie wissen, vor allem die jungen, noch unerfahrenen Autofahrer machen die Straßen hier in der Gegend unsicher und ...«

Ja, wir wissen es! Also nicht nötig, uns damit die Ohren vollzuquasseln! Wo bleibt das Fazit? Fazit, Helbich, Fazit!

»Das Fazit der ganzen Sache: Mehr Alkoholtests an den genannten Stellen und zu den erwähnten Zeiten. Am Ortsausgang Richtung Schönsee werden bis Monatsende verschärft Radarkontrollen durchgeführt. Danke für Ihre Aufmerksamkeit!«

Uff! Jetzt aber raus! Schnell! Ehe dieser Heuchler von Hauser noch eine Frage stellen kann ...

»Chef, in Bezug auf Ihre Darstellung der gehäuften Unfälle auf der Gaisthaler Straße hätte ich noch eine kleine Frage. Was würden Sie von einer Geschwindigkeitsbegrenzung in der Kurve nach der Abbiegung in Richtung Schönthan halten? Sollte man nicht einen dementsprechenden Antrag bei der Behörde stellen?«

Allgemeines Geräusper im Raum. Helbich ist geschmeichelt, dass jemand ihn nach seiner Meinung fragt, auch wenn es nur der Kollege Hauser ist, andererseits ist die Frage aber so abwegig, dass er sie sichtlich lieber ignorieren würde. Er entscheidet sich für den Mittelweg.

»Hrmja ... Müssen wir mal schauen.«

Jetzt aber, Tür auf und nix wie raus. Auch die drei anderen Kollegen im Raum, der Horn Mich, der Feitl »Feiti« Jakob und der Völkl Peter, von seinen Tennisfreunden auch »Pete« genannt, angeblich wegen seines tollen Aufschlags, erheben sich hastig. Diese montäglichen Morgensitzungen könnte man sich echt sparen. Grad dass wir nicht weggelaufene Katzen analysieren, das ist ja schon beinahe peinlich. Welcher Teufel hat mich nur geritten, meine Versetzung in ein Oberpfälzer Nest zu beantragen!

Ganze zwei Jahre lang versauere ich nun schon hinter meinem kargen Schreibtisch im ersten Stock der Polizeiinspektion Oberviechtach. Halt, nein! Da übertreibe ich jetzt. Hin und wieder ist es mir denn doch gegönnt, in die Dörfer zu kutschieren. Einmal sogar – vor ein paar Monaten – um festzustellen, ob einer Oma auch wirklich der Hals durchgeschnitten worden war, ein andermal, um einen Wilderer bei sich zu Hause zu ertappen. Hm, der Alten war tatsächlich der Garaus gemacht worden, dem Wilderer allerdings konnte ich bis heute nichts nachweisen.

»Beamter«, sagte mein Vater immer. »Es gibt nichts Besseres! Ein sicheres Einkommen, eine sichere Pension und nicht zu viel Arbeit: Die Garantie für ein langes, ruhiges Leben.«

Wenn man mich fragt, was ich denn so mache, antworte ich:

»Ich bin Beamter!«

Habe die Aufnahmeprüfung geschafft und habe es seither nie kalt im Winter, ein sicheres Einkommen, eine sichere Rente und kaum ein schlechtes Gewissen. Zum Helden scheine ich nicht berufen. Kommissar bin ich, Kommissar bleibe ich wohl. Hauptsache, ich muss nicht für den Rest meines Lebens in Oberviechtach dahindümpeln. Als gebürtiger Münchner macht mich all diese Ländlichkeit ganz krank. Auf Dauer werde ich da sicher noch depressiv. Aber ich könnte mich nicht einmal in die Fluten des Steinbachs stürzen und aus Verzweiflung ertränken, denn dazu ist dieses Bächlein nicht tief genug.

Ich atme tief durch. Tür auf und raus auf den Gang! Nicht zu schnell, die andern schauen schon komisch. Haltung bewahren, kurzer Gruß in die Runde, Nicken, sagen: »Ich kümmere mich dann mal um den Einbruch in der Apotheke.« Dann energischen Schrittes den kahlen, in grau tapezierten Gang entlang zu meinem Büro, dem Ermittlerzimmer 3, gegenüber vom Chefbüro.

Ich lasse mich erleichtert auf meinen roten Sessel fallen, den ich aus München mitgebracht habe und der mit der beigegrauen Einrichtung scharf kontrastiert. Ich schalte meinen Computer ein, tippe Pass- und Kennwort und warte, dass der Desktop erscheint. Draußen auf dem Gang sind Schritte zu vernehmen, die sich rasch nähern. Seit wann hat es Helbich so eilig, in sein Büro zu kommen? Normalerweise sitzt er nach jeder Besprechung erst einmal eine halbe Stunde im Gesellschaftsraum, wo er eine Kanne Kaffee leert und sich einen Croissant hinter die Kiemen schiebt.

Noch ehe ich meine Gedanken fertig denken, kann, wird die Tür aufgerissen, und der Horn Mich stürzt in mein Büro: »Spichtinger! Sofort runterkommen! Schnell!«

»Soll ich nicht zuerst den Bericht über den Einbruch in der Apotheke fertig machen?«

»Nein! Auf der Stelle!«

Ich bin diesen Kommandoton vonseiten meines Kollegen nicht gewohnt und blicke ihn scharf an. Dieser lässt mich aber gar nicht erst zu Wort kommen:

»Ein Anruf aus Schönsee. Mord!«

Na, Zeit ist's worden! will ich rufen, beherrsche mich aber gerade noch rechtzeitig. Der Mich scheint mit den Nerven völlig am Ende zu sein. Ich stehe auf, gehe um meinen Schreibtisch herum und lege dem atemlosen Mann beruhigend die Hand auf die Schulter. Er zuckt leicht zusammen, rümpft diskret die Nase und wendet sich schnell zur Tür. Oje, der Geruch im Raum …

Jetzt aber flott! Im Laufschritt folge ich dem Mich die Treppe hinunter ins Erdgeschoss. Die anderen haben sich im Vernehmungszimmer versammelt, dort ist es am bequemsten. Außer im Gesellschaftsraum natürlich, aber das wäre in so einer Situation nun wirklich nicht angebracht.

Helbich läuft im Raum auf und ab und blickt wichtig drein. Sein hoher Blutdruck ist noch höher als sonst, sein rundliches Gesicht glänzt rot unter einer dichten Schweißschicht. Er zieht ein Stofftaschentuch aus der Hosentasche und tupft sich die Stirn ab.

Hauser sitzt auf einem Stuhl, einen Kugelschreiber in der Hand und einen Notizblock auf dem Schoß. Er notiert eifrig, obwohl Helbich noch gar nichts gesagt hat. Ich schließe die Tür hinter mir und setze mich neben Feiti. Dieser rückt sogleich einige Zentimeter von mir weg.

Darstellung der Sachlage. Der Chef stürzt sich in eine mittelmäßige Derrick-Imitation: »Meine Herren! Eine Mordsaffäre fällt uns in die Hände. Im wahrsten Sinne des Wortes. Die Frau vom Landrat Winter ist umgebracht worden. Angeblich erstochen. In Schönsee. Zwei von uns fahren da illico

(Woher hat er nur das Wort?) hin. Zum Tatort. Dienstgruppenleiter Völkl hat den Anruf entgegengenommen. Können Sie uns kurz noch mal Genaueres dazu sagen?«

Pete räuspert sich. Er hält ein Blatt Papier in der Hand, von dem er abliest: »Ja also, vor etwa sieben Minuten, äh, das heißt genau um zehn Uhr einundzwanzig am heutigen Montag, dem elften November, erhielt die Polizeiinspektion Oberviechtach einen Anruf einer gewissen … äh … Leni Spachtelhuber, die dem Beamten Peter Völkl, also mir, will ich sagen, mitteilte, dass sie die Lei… äh, den leblosen Körper der Landrätin Winter in deren Hotelzimmer im Hotel Hubertus aufgefunden habe, offensichtlich erstochen und …«

»Danke, das reicht.« Helbich unterbricht Petes stockende Ausführungen. »Ich habe natürlich gleich bei der Einsatzzentrale in Amberg angerufen, die wissen also Bescheid. Bevor die aber mit der Spurensicherung ausrücken, wollen sie erst mal sicher sein, dass da wirklich jemand mausetot rumliegt. Wegen der Morgensitzung ist gerade keine Streife draußen unterwegs. Wer wäre denn heute Nachmittag dran? Spichtinger und Hauser?«

Ich nicke schnell. Hauser fällt vor Erregung beinahe der Kugelschreiber aus der Hand.

»Dann schmeißen Sie sich bitte umgehend in den BMW und schauen sich da um.«

»Der BMW ist noch in der Werkstatt«, meldet sich Feiti zu Wort, sichtlich enttäuscht, dass nicht er auserwählt worden ist.

»Ja, dann nehmen Sie halt, was da ist! Warten Sie, ehe Sie sich aufmachen, noch ein paar praktische Hinweise.«

Ich hatte mich bereits halb aufgerichtet, lasse mich jetzt aber wieder auf meinen Sitz zurücksinken.

»Der Staatsanwalt wird hier sehr bald seine Finger drin haben. Solche Geschichten verlangen Sachverstand und behutsames Vorgehen. Wir wollen vor unseren Kollegen aus der Stadt ja nicht wie irgendwelche Dorftölpel dastehen.«

Wir nicken einmütig.

»Gut. Sobald Sie im Hotel angekommen sind und Genaueres wissen, informieren Sie mich bitte sofort. Ich werde persönlich den Landrat von den Ereignissen in Kenntnis setzten, der wohnt ja nur ein paar Straßen weiter. Hoffentlich kriegt der alte Tatterich nicht einen Herzkasper und kippt mir um.«

Irre ich mich oder sehe ich ein boshaftes Glitzern in Helbichs Augen? Er hat Politiker noch nie ausstehen können, tut den ganzen Tag fast nichts anderes, als über unfähige Volksvertreter zu mosern.

Ich werfe mich ins kalte Wasser, auch wenn ich weiß, dass ich mich lächerlich machen werde, und unterbreche seinen Monolog: »Wer ist eigentlich dieser Winter? Noch nie gehört. Kennt ihr den?«

Hauser, Feiti, Pete und der Mich verdrehen die Augen und schweigen. Der Chef freut sich über meine Frage.

»Hans Winter ist seit dreißig Jahren Landrat im Kreis Schwandorf, und ich glaube, dass er vor ein paar Jahren sogar Senator in München war. Kurzum: Es handelt sich um eine wichtige Persönlichkeit! Seine Frau war viel jünger als er, sehr viel jünger … capito?«

Hauser antwortet »Capito« wie aus der Pistole geschossen. Helbich runzelt die Stirn, wir anderen grinsen. Hauser hat sich schon wieder über seinen Notizblock gebeugt und bemerkt nicht, dass seine Anbiederei mal wieder gescheitert ist.

»Ich bin sicher, dass man ihr die Kohle aus der Handtasche geklaut hat, aber es würde mich auch nicht wundern, wenn sich hinter dem Ganzen eine finstere Sittengeschichte verbirgt! Schließlich ist das Dorf nicht weit von den Tschechen weg, und wir wissen ja, was da los ist. Huren, Betrug, Sauereien aller Art«, schimpft Helbich.

»Aber was hat die Landratsfrau damit zu tun?«, wendet der Mich ein.

»Das wollen wir ja schließlich herausfinden! Los jetzt! Genug geschwafelt! Spichtinger und Hauser: Lassen Sie die Leiche nicht warten!«

Hauser ist Feuer und Flamme, kann seine Erregung kaum verbergen. Wir nehmen die Treppe im Sauseschritt, reißen die Tür zur Garage auf. Nicht nur die Begeisterung und der Adrenalinstoß treiben uns an, sondern auch ein weit wichtigeres Motiv: die Jagd nach dem Autoschlüssel.

»Den Zivilvolvo!«, ruft Hauser.

»Willst du inkognito am Tatort erscheinen?«, erwidere ich atem- und fassungslos. »Wir nehmen den Audi!« Mit diesen Worten eile ich zur Fahrertür des langen, blauweißen Kombis. Hauser sieht widerwillig ein, dass ich recht habe, und folgt mir. Der Schlüssel steckt im Zündschloss. Zufrieden gleite ich hinter das Lenkrad, Hauser setzt sich mit zusammengebissenen Zähnen auf den Beifahrersitz.

»Anschnallen, bitte!«

Hauser zieht eine Grimasse, legt sich aber den Gurt an. Rückwärtsgang rein und los geht's!

An und für sich bin ich ja grundsätzlich gegen Autos. Gegen jegliche Verschwendung von Benzin und weiteren wertvollen Rohstoffen. In München kam ich ohne Probleme mit den öffentlichen Verkehrsmitteln und meinem Fahrrad aus und konnte auf einen vierrädrigen Untersatz verzichten. In Oberviechtach ist das nicht so einfach. Carsharing hat sich hier ebenfalls noch nicht durchgesetzt. Deshalb habe ich mir einen uralten Opel Corsa zugelegt, mit dem festen Vorsatz, nicht mehr als zehn Kilometer im Schnitt pro Tag damit zu fahren. Ambitiös. Vor allem weil ich – meiner ökologischen Grundhaltung vollkommen widersprechend –, seit ich in den Polizeidienst eingetreten bin, meinen Hang zum Rasen entdeckt habe. Ich liebe es, die Kurven eng zu nehmen, kurz vor der Gerade bereits wieder aufs Gas zu drücken und wie eine Rakete durch die engen Oberpfälzer Straßen zu flitzen. Damit bin ich in dieser Gegend bei Weitem nicht der Einzige, die Todesrate bei den Verkehrsunfällen beweist es nur zur Genüge.

Hauser hingegen ist Mr. Vorsicht hoch drei. Jede Geschwindigkeitsbegrenzung ist ihm heilig, und er versteht ein 80er-Schild nicht als einfache Empfehlung, sondern als strengstes Limit. Er hasst meine Fahrweise. Abgesehen davon wird er leicht seekrank oder, besser gesagt, fahrkrank.

Mit quietschenden Reifen stoße ich rückwärts aus der Garage, nach links, lege den Vorwärtsgang ein – von null auf siebzig auf 150 Metern. Vollbremsung an der Ausfahrt in die Bezirksamtstraße, denn von oben links kommt ein Radfahrer vorbeigeschlittert. Ich schalte die Heizung ein. Es herrscht eine Hundekälte im Auto. Fünf Grad sind es draußen, trotz Klimaerwärmung friert man sich im Oberpfälzer Wald im November noch immer den Hintern ab. Vorgestern hat es zum ersten Mal geschneit. Inzwischen scheint es ja ein Schneepflug mal geschafft zu haben, wenigstens in der Stadt die Straßen wieder halbwegs freizuräumen. Das Salz knirscht unter den Reifen, als ich den Audi den Berg hinunterrollen lasse bis zur Kreuzung mit der Bahnhofstraße, die Richtung Schönsee führt. Wie immer bin ich gezwungen, fünf Minuten zu warten, bis sich endlich eine Lücke zwischen den aus allen Ecken vorbeirauschenden Autos auftut. Der Motor heult auf, als ich das Gaspedal durchtrete, und Hauser wird heftig in seinen Sitz gepresst.

»Argl … Spichtinger, muss das sein!«

Ja.

»Übrigens, Hauser, hast du eigentlich das Absperrband eingepackt? Letztes Mal hatten wir fast keins mehr ...« Natürlich hat er es nicht eingepackt, das wusste ich ja. Hauser verzieht entsetzt das Gesicht: »Verdammte Scheiße! Hab ich total vergessen! Wir müssen noch mal umdrehen, schnell!« Panisch wirbelt er mit den Armen durch die Luft.

Ha, das klappt doch immer wieder!

»Nein, war nur ein Scherz. Unter deinem Sitz ist noch eine Rolle, die hab ich gestern reingelegt. Irgendwie scheine ich geahnt zu haben, dass wir sie brauchen würden ...«

»Blödmann!« Hauser ist beleidigt, klammert sich aber sogleich am Handgriff über der Beifahrertür fest, als ich nach dem Ortsausgang mit 120 an der Kaserneneinfahrt vorbeizische.

»Achtzig! Spichtinger! Achtzig!«

»Der Chef meinte, wir sollen uns beeilen.«

Dieses Argument wirkt Wunder. Niemals würde Hauser es wagen, eine Anordnung Helbichs zu missachten. Daher schließt er einfach nur die Augen, als ich, ohne abzubremsen, an den Biegungen Richtung Lind und Schönthan vorbeirase, den Berg hinunter weiter beschleunige, um mit Schwung den langen Gegenhang vor Gaisthal hochzufahren.

»Glaubst du an den Sittenskandal, den Helbich angesprochen hat?«, frage ich.

Hauser zuckt mit den Achseln.

Mein Ermittlerinstinkt erwacht. Ich fühle mich fast ein wenig wie Sherlock Holmes, begleitet von seinem naiven, unfähigen Watson. Ich kichere innerlich, während ich mir vorstelle, den Fall zu lösen, ohne überhaupt die Leiche gesehen zu haben. Frau Winter, eine Landratsgattin. Hm. Bestimmt nicht mehr ganz frisch, Politikerfrauen sind doch meistens irgendwelche vertrockneten Blüten, wobei Blüte als Umschreibung da sicher noch nett ist. Assoziationen, komm, Junge, streng deine Zellen an! Landrat …, sprich Macht, Einfluss … Geld. Eine Frau. Listig. Hinterhältig. Gerissen. In Schönsee. Hm, in der Stadt Schönsee. Seit dem Mittelalter hat die Gemeinde ja die Stadtrechte. Die Stadt der drei Lügen: Schön ist sie nicht, einen See hat sie keinen und eine richtige Stadt ist sie eigentlich auch nicht! Was gibt's dort, das einen Mord rechtfertigen könnte? Das böhmische Kulturzentrum? Interessiert doch kein Schwein. Was noch? Einen Grenzübergang nach Tschechien. Aber der liegt ein paar Kilometer außerhalb, und seit zwei Jahren kontrolliert der Zoll nicht mehr. Schmuggeln ist damit auch passé. Man kann das Zeug ja einfach so hin und her kutschieren.

Ich wende mich an meinen Watson. »Was gibt's eigentlich in Schönsee so?«

Hauser sieht mich fragend an.

»Wieso?«

»Nur so. Irgendein Mordmotiv muss es ja geben. Und alles in allem ist die gute Frau ja in Schönsee um die Ecke gebracht worden, sofern sich da nicht jemand einen schlechten Scherz erlaubt hat … he!«

Wir sind inzwischen in der Gaisthaler Ortsmitte angelangt. Bei der scharfen Linksbiegung vor der Bushaltestelle muss ich hart abbremsen, ein Traktor kommt von rechts und nimmt mir die Vorfahrt. Die neuen Winterreifen hinterlassen eine nette Bremsspur auf dem Teerbelag. Die Fingerknöchel von Hausers Hand, die sich an den Griff klammert, treten weiß hervor.

»Grundsätzlich … pff … ist da … ziemlich der Hund verreckt«, presst Hauser mühsam hervor. Der Arme ist ganz angespannt. »Im Moment gibt es allerdings die Pascherspiele, eine ganz rührende Aufführung. Meine Frau und ich waren schon mehrmals dort.«

›Eine ganz rührende Aufführung‹. So drückt sich auch nur Hauser aus.

»Aber die finden nicht direkt in Schönsee statt, sondern in Dietersdorf«, fügt er hinzu. »Dann ist da noch das Centrum Bavaria Bohemia (das wusste ich auch), eine hervorragende Initiative des Bürgermeisters, ein wunderbarer Akt der Verständigung zwischen den Völkern, obwohl man es den Tschechen nicht zu leicht machen sollte, sich hier weiter in unserer Gegend zu verbreiten.«

Ein bisschen hat er schon recht, der Hauser. Dieses Europagemauschel geht mir auch ganz gewaltig auf den Nerv, aber so fremdenfeindlich würde ich mich denn doch nicht äußern wollen.

»Naja, so schlimm ist es jetzt auch wieder nicht«, wende ich pflichtschuldig ein. »Die Grenzöffnung hatte auch ihre guten Seiten …«

»Ah ja? Welche denn?«

»Na … (Dieser Hauser! Immer muss er nachfragen. Ich überlege.) … das Benzin, zum Beispiel. In Deutschland hat man ja schon den Eindruck, im Reformladen zu tanken. Wir haben es da gut: Bei den Tschechen sind die Preise noch halbwegs akzeptabel …«

»Ja, aber wie lange noch!?«

»Und die Sporttasche, die ich bei dem Vietnamesen an der Tillyschanz gekauft habe, hat bisher auch gut gehalten. Sogar zwei Waschgänge hat sie ertragen, ohne auseinanderzufallen, und ich hab nur fünf Euro dafür bezahlt.«

»Ha, ich erinnere mich noch gut an deine zwei T-Shirts, da warst du weniger begeistert …«

Nie wieder T-Shirts vom Vietnamesen an der Grenze! Hauser hat einen wunden Punkt getroffen. Noch heute, ein Jahr später, finde ich Fasern in meiner Waschmaschine, ganz zu schweigen von all der anderen Wäsche, die bei jenem Waschgang mit draufgegangen ist.

»Den Unternehmen hat das Ganze aber sicher was gebracht. All die billigen Arbeitskräfte …«

»… die unseren Kindern die Arbeit wegnehmen, jawoll!«

Nicht kleinzukriegen, dieser Mann!

»Aber du würdest doch eh nicht wollen, dass deine Kinder mal zur Müllabfuhr gehen, oder?«

Hauser denkt nach. »Ja, gut. Das stimmt schon. Ein paar von denen können wir schon gebrauchen.«

Wir haben inzwischen Gaisthal hinter uns gelassen. Jetzt beginnt der schönste Teil der Strecke. Ich liebe diesen kurvigen Abschnitt durch den Wald hinauf nach Schönsee. So muss sich ein Schuhmacher auf der Piste gefühlt haben! Nur der Zustand der Straße lässt etwas zu wünschen übrigen. Ein Bolide hätte hier so seine liebe Mühe, unser Audi hingegen ist dafür wie geschaffen. Und rein geht's in die erste Rechtskurve. Sieben Kilometer sind es von Gaisthal nach Schönsee. Meine Bestzeit von Ortsschild zu Ortsschild: vier Minuten zweiundzwanzig. Allerdings bergab. Bergauf ist dieses Ziel kaum zu verwirklichen, noch weniger mit einem zitternden Hauser an der Seite, der verzweifelt mitbremst, wenn wie jetzt ein Fahrzeug aus der Gegenrichtung angeflitzt kommt.

Hui, das war knapp! Aus den Augenwinkeln habe ich schemenhaft die Umrisse des Fahrers wahrgenommen: nach vorn über das Lenkrad gebeugt, den Kopf in Rennhaltung zwischen den Schultern, der Mund verkniffen in höchster

Konzentration. Der Koch vom *Weiherblasch*! Einer meiner schärfsten Konkurrenten im Kampf um eine Bestzeit. Angeblich hat er es bereits unter die Vier-Minuten-Marke geschafft! In seinem alten Golf!

Beim Gedanken an den *Weiherblasch* läuft mir das Wasser im Mund zusammen. Ach, was täte ich jetzt nicht für eine kleine Frischlingskeule in Thymiankruste und ein frisches Zoiglbier!

Rechts neben der Straße taucht jetzt der Radweg auf, der quer durch die Oberpfalz führt und in Schönsee seinen Anfang nimmt. Gleich verlassen wir wieder den Wald. Zu unserer Linken fliegt die Kunststofffabrik vorbei, die Straße wird wieder breiter, gleich sind wir da.

»Was uns wohl für ein Anblick erwartet?«, frage ich. »Erstochen, meinte Helbich. Das wird bestimmt nicht hübsch.«

Hauser antwortet nicht. Er sieht irgendwie blass um die Nase aus.

In Schönsee angekommen biege ich von der Hauptstraße links Richtung Tennishalle ab – oder besser gesagt, ehemalige Tennishalle –, fahre vorbei an einem Gebäude der Glasfabrik Irlbacher und dann nach rechts den Berg hoch zum Hotel Hubertus.

Als wir bei dem riesigen Haus vorfahren, das eine Aussicht über das ganze Dorf – halt, die ganze Stadt – bietet, erblicken wir eine erstaunlich große Menschenmenge, die sich auf dem Parkplatz vor dem Hotel angesammelt hat. Ich halte den Wagen quer auf der geteerten Einfahrt an, schalte den Motor aus, ziehe den Zündschlüssel und wende mich an Hauser.

»Die Neuigkeiten sprechen sich ja schnell rum.«

Doch Hauser hört mich schon nicht mehr. Er hat bereits die Beifahrertür aufgerissen und stolpert nach Luft schnappend aus dem Wagen. Mein Fahrstil scheint ihm wirklich nicht zu bekommen.

Wir bahnen uns einen Weg durch die Leute, die in kleinen Gruppen beieinanderstehen und sich mit besorgten Mienen unterhalten. Ein Mann kommt uns mit aufgeregten Schritten entgegen. Ich erkenne ihn sofort. Robert Schmidt, der Bürgermeister. Noch wohlbeleibter als Helbich und ein noch roterer Schädel. Ende Fünfzig. Hochwasserhosen. Sein beiger Anzug ist ihm eine Nummer zu klein. Eine dicke Hornbrille klebt unter der hohen Runzelstirn auf seiner stattlichen Nase, die von einem nicht minder dicken Schnurbart untermalt wird. Die stark abstehenden Ohren verleihen ihm das Aussehen eines zu groß geratenen glatzköpfigen Trolls.

»Da sind Sie ja! Eine Katastrophe ist das! Jemand hat die Anna umbracht!«

Anna? Die Landratsgattin? Der Bürgermeister scheint die Frau ja gut gekannt zu haben. Ich spreche ihn sogleich darauf an. »Sie kannten die Landrätin?«

»Die kenne ich seit ungefähr fünfzehn Jahren. Sie hat ihren Mann immer begleitet, wenn er mal vorbeigekommen ist. Sie hat sich viel für Schönsee interessiert, hat sogar daran gedacht, hier ein Haus zu kaufen. Und seit er dann gesundheitlich nicht mehr so gut beieinander ist, ist sie immer allein gekommen. Oje, das ist sicher ein Schock für ihn. Und sein Herz ist nicht mehr das, was es mal war. Furchtbar! Ich versteh nicht, wie man so was hat tun können …«

»Ja, natürlich. Landrat Winter ist aus Oberviechtach, nicht wahr?«

»Freilich! Wir, die Schmidts kennen die Familie Winter seit jeher. Schon mein Vater war Bürgermeister, und Hans Winter ist seit dreißig Jahren Landrat. Er hat unsere Gemeinde stets unterstützt und viel für uns getan. Die Leute hier im Dorf verstehen das nicht immer, aber so ist das halt in der Politik …«

Die Stimme des Bürgermeisters zittert vor Rührung, wie auch seine Hand, die uns den Weg ins Hotelinnere weist. Wir steigen ein paar Treppenstufen unter einem kleinen Vordach empor und treten durch eine breite, ebenhölzerne Tür.

»Hier lang, bitte. Die Leni erwartet Sie, sie hat die Leiche gefunden.«

Ah ja, die Anruferin! Wie war ihr Name noch mal? Leni Spachtelmeier, sagte Pete, oder?

Eine kräftige, mittelgroße Frau, fast noch ein Mädchen,

kommt uns entgegen. Ihr langes braunes Haar fällt ihr lose auf die Schultern. Als Erstes sticht mir jedoch ihr Trachtenkleid ins Auge. Das will irgendwie gar nicht zum Ernst der Situation passen, unterstreicht aber erfolgreich ihre Rundungen im Brustbereich. Mein Blick wandert nach oben. Sie wirkt gefasst, scheint nicht geweint zu haben. Ein Paar kleiner Knopfaugen mustert Hauser und mich misstrauisch.

»Die Polizei ist da, Leni«, sagt Bürgermeister Schmidt überflüssigerweise.

Sie nickt. »Grüß Gott, die Herren.«

Ihre Stimme ist tief und weich. Ah, ich liebe diese Art von Stimmen! Aber das ist jetzt nicht der richtige Augenblick. Ich atme tief ein und frage: »Ist die Tote noch in ihrem Zimmer?«

Leni und der Bürgermeister nicken im Verein.

»Ja, sie liegt im ›Reichenstein‹. Ich habe alles so gelassen, wie es war. Kommen Sie nur mit. Hier geht's lang.«

Hauser und ich wechseln einen verständnislosen Blick. Reichenstein? Das war doch der Berg hinter Gaisthal?

Leni bemerkt unsere Verwirrung nicht und schreitet munter vor uns her durch die Rezeption und dann eine breite Treppe hoch. Oben angekommen, tut sich ein breiter in Rot- und Gelbtönen gehaltener Gang auf. Ein Schild zeigt an: »Stückstein – rechts«, »Reichenstein – links«, »Frauenstein – geradeaus«. Das Rätsel ist gelöst. Ich kann meine Erkenntnis nicht für mich behalten: »Frau Winter hatte also das Zimmer ›Reichenstein‹?«

Leni wirft mir einen gereizten Blick zu. »Hab ich doch gerade gesagt! So, da sind wir. Ich geh da nicht mehr rein!«

Ich nicke beschwichtigend. Heureika! Die Dame hat ja ein feuriges Temperament. Ich schiebe mich an ihr vorbei zur Tür, die nur angelehnt ist. Vorsichtig luge ich durch den Schlitz. Nur ein Stück weiße Wand ist zu sehen. Bürgermeister Schmidt klopft mir auf die Schulter.

»Ich sag's Ihnen, das ist kein schöner Anblick. Die Anna ist sauber zugerichtet.«

»Wie ... Was ...? Haben Sie die Tote schon gesehen?«, frage ich fassungslos.

»Freilich! Ich kann doch nicht tatenlos zusehen, wenn bei mir in der Stadt jemand umbracht wird. Noch dazu die Anna, eine jahrelange Freundin. Ich habe aufpasst, dass ich nix Wichtiges anlange.«

Na sauber! Die Spurensicherung wird sich freuen. Vorsichtig drücke ich die Tür ein wenig weiter auf. Noch mehr weiße Mauer, ein brauner Parkettboden, blank gewienert, mit dunkelbraunen Musterungen. Oder? Ich mache einen Schritt nach vorn, den Blick auf den Boden geheftet. Von wegen Musterung. Das sind Blutstropfen, quer verspritzt bis in den Zimmereingang.

Hinter mir höre ich Hauser einen tiefen Seufzer ausstoßen. Frau Winter, oder was von ihr noch übrig ist, liegt auf dem Boden vor einem großen Doppelbrett aus massiver Eiche. Erstaunlicherweise speichert mein Gehirn zunächst all das, was nichts mit der Leiche zu tun hat: ein kleiner runder Tisch in der Ecke mit einem gehäkelten Spitzendeckchen, auf dem eine eleganten Kugellampe thront; die etwa brusthohe Holztäfelung entlang der Wände, das feine weiße Tapetenpapier, auf dem mit dünnen braunen Strichen verschiedene Jagdszenen abgebildet sind; ein eindrucksvoller Hirsch – ein Vierzehnender, glaube ich zu erkennen – wird von einer kläffenden Hundemeute verfolgt; ein Jäger sitzt auf seinem Hochsitz und zielt mit seiner Flinte auf eine davonfliegende Wildente; ein Fasan stolziert durch das hohe

Gras einer Wiese. Links von der Eingangstür erhasche ich einen Blick in das Bad: glänzend weiße Fliesen, ein Marmorwaschbecken und ein enormer Whirlpool stechen mir ins Auge. Die Lichter im Bad und im Zimmer sind ausgeschaltet. Nur durch die breiten Fenster dringen ein paar kalte Novembersonnenstrahlen.

»Unser Mörder denkt an die Umwelt«, spreche ich meine Gedanken laut aus.

»Wieso?«, würgt Hauser hervor, der inzwischen noch blasser aussieht als nach der Autofahrt.

»Er hat überall das Licht ausgemacht. Nach den Spuren zu urteilen und dem geronnenen Blut, ist die gute Frau doch schon mindestens ein paar Stunden tot. Das heißt, es muss draußen dunkel gewesen sein, als sie umgebracht wurde, oder mit anderen Worten: Hier im Zimmer hat bestimmt ein Licht gebrannt, das der Mörder ausgeschaltet hat, bevor er gegangen ist.«

Hauser zuckt mit den Achseln. Seine Aufmerksamkeit ist voll und ganz auf die Tote gerichtet, ich bin gar nicht sicher, ob er meine Ausführungen überhaupt zu Kenntnis genommen hat. Und ich gebe zu, Frau Winter sieht nicht heiter aus. Die Leute vom Bestattungsunternehmen haben da eine hübsche Herausforderung vor sich. Es wird nicht leicht werden, die Landratsgattin wieder präsentabel zu machen. Bei all dem Blut, das ihm Raum verteilt ist, würde es mich wundern, wenn davon noch etwas im Körper zurückgeblieben ist.

Zu Lebzeiten scheint Frau Winter – zumindest vom Körperbau her, ihr Gesicht ist so entstellt, dass ich da nur Vermutungen äußern kann – eher eine recht aparte Frau gewesen zu sein. Nicht zu viel Speck auf den Rippen, und auch sonst war sie wohl noch genießbar. Arme und Beine sind mit Messerstichen übersät, ein Ellbogen ist gar so sehr aufgeschlitzt, dass man den hellen Knochen unter den Hautfetzen durchschimmern sieht. Ich schlucke und trete noch einen Schritt näher. Als ich in ihr Gesicht blicke, wird mir beinahe schlecht. Mit einer unheimlichen, zerstörerischen Wut sind sämtliche Sinnesorgane ausgelöscht worden. Die Augen ausgestochen, der Mund zerfetzt, die Nase abgehackt, die Ohren in kleine Stückchen zerschnitten. Auch die Stirn und die Wangen waren nicht verschont, sondern mit kleinen, sauberen Schnitten zerlegt worden, sodass von einem einst menschlichen Gesicht nicht mehr viel übrig geblieben ist.

Schwindelgefühl ergreift mich, und ich muss mich an der Wand abstützen, um nicht umzukippen. Gleichzeitig aber verspüre ich ein leichtes Kitzeln in der Magengegend. Das war es doch, wovon ich insgeheim immer geträumt habe. Dieser plötzliche Adrenalinstoß, dieser Schock, dieses Entsetzen bei einem unerklärlichen mörderischen Akt.

»Die arme Anna!«, ertönt hinter mir die Stimme des Bürgermeisters. »So eine grauslige Tat. Na warte, wenn ich den Mörder zwischen die Finger kriege, dann kann der aber was erleben! Ich dreh dem Kerl den Hals um!«

»Na, na, Herr Schmidt«, besänftige ich den aufgeregten Mann. »Es ist Aufgabe der Polizei, den Täter zu schnappen und ihn vor ein ordentliches Gericht zu bringen. Da werden Sie mir doch zustimmen.«

»Aber schauen Sie sich das doch mal an! Das ist doch ein Verrückter, der das getan hat. Dem gehört die Rübe ab, wenn Sie meine Meinung wissen wollen.« In seiner Aufregung tapst der Bürgermeister mitten in eine der Blutlachen.

»Herr Schmidt! Passen Sie bitte auf! Wie soll denn die

Spurensicherung nachher hier noch irgendwas finden, wenn Sie hier rumtrampeln!« Langsam werde ich ungeduldig.

»Sie haben gerade was vom Licht im Zimmer gesagt, nicht wahr?«

»Ja, richtig«, antworte ich und denke: Nein, er wird doch jetzt nicht …

»Als ich vorhin mit der Leni raufgegangen bin, hat noch ein Licht gebrannt. Hier im Bad. Ich hab's ausgeschaltet, wäre ja nur unnötiger Stromverbrauch gewesen.«

Ich traue meinen Ohren kaum. »Wie bitte? Sie haben …« Aber ehe ich meinen Satz beenden und mein Entsetzen fertig ausdrücken kann, hat sich Bürgermeister Schmidt schon umgedreht und marschiert wieder in den Gang hinaus, um einen sehr schlanken – um nicht zu sagen, mageren – hochgewachsenen Mann in Empfang zu nehmen.

»Ja, Herbert, da bist ja. Schön, dass du gleich hast kommen können. Eine Katastrophe ist das, ich sag's dir! Du hast ja die Anna auch gekannt, nicht wahr?«

Der hagere Mann nickt bedächtig und grüßt. »Guten Tag, die Herren. Wo ist denn die Tote? Ah, hier. Dann wollen wir mal sehen.«

Und ohne weiter auf Hauser und mich zu achten, stellt er ein schwarzes Köfferchen auf einen sauberen Fleck neben der Landrätin ab und beugt sich über sie. Ich habe den Mann noch nie gesehen, aber aus seinem Aussehen und seinem Verhalten schließe ich, dass es sich um Dr. Killer handeln muss, den Dorfarzt. Spitzname »Doc« oder »The Runner«, Letzteres aufgrund seiner hervorragenden Marathonbestzeit. Mit über fünfzig läuft er angeblich den Marathon noch immer unter zwei Stunden und fünfundvierzig Minuten. Ich selbst habe vor, nächstes Jahr meinen ersten

Marathon zu laufen; wenn es gut kommt, werde ich etwa doppelt so lange brauchen.

Der Arzt hebt hie und da einen Finger oder eine Zehe an, klopft ein wenig auf dem leblosen Körper herum und sagt mehrmals nachdenklich und sorgenvoll »hm, hm«. Dabei blickt er angestrengt über eine kleine rahmenlose Brille, die er bis an die Nasenspitze vorgeschoben hat. Schmidt, Hauser und ich stehen taten- und auch ein bisschen ratlos daneben. Leni scheint sich wieder nach unten an die Rezeption verzogen zu haben.

Schließlich richtet sich Dr. Killer wieder auf. Er mustert die Landrätin noch einmal kurz von oben und dreht sich dann zu uns um.

»Erstochen«, bemerkt er. »Die genaue Anzahl der Messerstiche muss bei der Obduktion festgestellt werden, das kann ich Ihnen so nicht sagen. Aber ein paar Dinge sind relativ sicher: Anna ... also Frau Winter ... hat sich nicht wirklich gewehrt. Mehrere der Messerstiche waren tödlich, welcher genau nun den Tod ausgelöst hat – schwer zu sagen. Zwei davon gingen ins Herz, einer hat die Halsschlagader getroffen. Ihr Gesicht, ihre Arme und Beine sind vermutlich nachträglich verstümmelt worden. Noch Fragen?«

Ich bin vollkommen überrumpelt. Die Diagnose ist kurz und präzise. Mir fällt nichts ein, doch ... halt!

»Äh, ja ... Können Sie eventuell schon irgendetwas über den Mörder sagen? Größe und Gewicht, oder so?«

»Und die Augenfarbe auch gleich noch?«, sagt der Arzt und lacht sichtlich amüsiert. Ein etwas groteskes Bild neben einer so traurigen Leiche. »Der Mörder war auf jeden Fall ziemlich kräftig, eher ein Mann, vielleicht aber auch eine sehr starke Frau, und deutlich größer als Anna Winter. Der Einstichwinkel der Hiebe deutet darauf hin, aber ganz sicher kann ich Ihnen das nicht sagen, das muss erst noch die Obduktion zeigen.«

»Danke, das hilft uns ...« Ich kann meinen Satz nicht zu Ende führen, im Gang erklingen eilige Schritte und Rufe.

»Polizei! Polizei! Mord! Noch ein Mord! Das ist die Lisl!«

Ein junger Mann in orangerotem Overall stürmt ins Zimmer und erstarrt. »Oh mein Gott! Die Winter! Die andern haben mir gesagt, dass … ich … ich meine …« Der Gute ist vollkommen geschockt. Ich lege ihm eine Hand auf die Schulter und führe ihn in den Gang hinaus.

Einige Erklärungen und Wiederholungen später ist klar: Ein junges Mädchen namens Lisa Kühner ist von zahlreichen Messerstichen durchbohrt von Gemeindearbeitern hinter der Tennishalle gefunden worden. Zwei Morde in einer Nacht im selben Dorf! Wenn das so weitergeht, bleibt am Ende des Jahres nur noch der Täter übrig. Aber so weit wollen wir es denn doch nicht kommen lassen.

Einen praktischen Vorteil hat das ja: Dr. Killer kann gleich mitkommen. Bürgermeister Schmidt lässt sich nicht abschütteln. Ich werfe einen letzten Blick auf die tote Frau Winter und verlasse dann als Letzter das Zimmer. Die Tür fällt hinter mir ins Schloss. Absperrband brauchen wir ja hier keines, versiegeln wird's dann die Spurensicherung.

Apropos Spurensicherung: Ich muss Helbich doch noch anrufen! Der wollte ja nichts versäumen. Ich überlege kurz, ob ich ihn nicht noch ein wenig schmoren lassen soll – schließlich hätte er ja einfach nur mitzukommen brauchen –, aber dann entscheide ich mich doch, ihm Bescheid zu geben. Ich zücke mein Handy und tippe die Nummer der Polizeiinspektion Oberviechtach. Ein ungewohntes Gefühl. Normalerweise bin ich es, der dort von irgendjemandem angerufen wird.

Helbich hebt beim ersten Klingelton ab. »Polizeiinspektion Oberviechtach. Hauptkommissar Helbich am Apparat.«

»Ja, hier Spichtinger, wir ...«

»Na endlich! Himmelnochmal! Was haben Sie denn so lange getrieben? Es kann doch nicht ewig dauern, eine Leiche zu finden!«

Oi oi, der Chef hat miese Laune! Wenn ich ihm jetzt gleich mit einer zweiten Leiche komme ... Am besten einfach erzählen, was passiert ist.

»Die Winter ist tatsächlich tot. Erstochen in ihrem Hotelzimmer. Der Killer meinte ... also der Dr. Killer, dass der Täter recht groß und stark gewesen sein muss. Eine ziemliche Sauerei, überall Blut. Das Problem ist, wir haben soeben erfahren, dass man noch eine Tote gefunden hat, und zwar ...«

»Was! Noch eine?! Madre Mio! Ich sag sofort der Spurensicherung in Amberg Bescheid. Dann schau ich beim Landrat vorbei. Irgendjemand muss ihm ja sagen, dass seine Frau um die Ecke gebracht worden ist, wenn er's nicht selber war, aber das kann ich mir bei dem Tattergreis eigentlich nicht vorstellen. Danach komm ich sofort nach Schönsee. Wo liegt denn die zweite?«

»Angeblich hinter der Tennishalle. Wir fahren da jetzt hin ...«

»Gut! Und halten Sie die Augen und Ohren offen. Wir treffen uns dann dort.«

Ich drücke die Taste und folge den anderen die Treppe hinunter. Leni sitzt hinter der Rezeption. Ich beauftrage sie aufzupassen, dass niemand bis zur Ankunft der Spurensicherung das Zimmer betritt. Ihre braune Haarpracht wippt, als sie mir mit einem Kopfnicken zu verstehen gibt, dass sie sich darum kümmern wird.

Dann im Laufschritt zum Auto. Hauser steht schon an der Fahrertür und streckt seine Hand aus. Widerwillig rücke ich den Schlüssel raus. Im Schritttempo rollen wir die Einfahrt hinab, »Doc« folgt uns in seinem schwarzen Mercedesjeep, der Bürgermeister scheint schon vorausgeeilt zu sein, ich sehe ihn nirgends.

Vorsichtig kriechen wir den Berg hinab. Neugierige Gesichter stieren aus den umstehenden Einfamilienhäusern. Nach mehreren endlos langen Sekunden sind wir wieder an der Kreuzung zur Schwandter Straße angelangt. Die Tennishalle und ihr weiter Parkplatz liegen vor uns. Hundert Meter nach links und dann geht's rechts den schmalen Teerweg zum alten Bahnhof.

Auch wenn vermutlich jeder im Landkreis noch immer von Tennishalle spricht, hat diese doch schon seit einem Jahr ausgedient. Soviel ich weiß, wurde die Halle sogar ehemals vom Besitzer des Hubertus betrieben. Könnte dies ein erster Zusammenhang zwischen den Morden sein? Jetzt dient die Halle als Lagerraum für irgendeine Spedition oder so.

Ich erinnere mich noch gut an die Schließung, Pete hat mir mehrere Monate lang die Ohren vollgewinselt, weil er nun im Winter nicht mehr Tennis spielen kann. Mein Einwand, dass das ohnehin nur ein sauteures Hobby war, hat nicht dazu beigetragen, dass wir bessere Freunde wurden. Wer will schon zwanzig Euro bezahlen, dafür dass er sich eine Stunde lang in einem stickigen Raum ein paar Bälle um die Ohren hauen kann, also wirklich.

Meine Gedankenflut wird unterbrochen, als ich die Gruppe aufgeregter Arbeiter erblicke, die am hinteren Ende der Tennishalle wild gestikulierend zusammenstehen. In deren Mitte: Bürgermeister Schmidt. Hauser parkt den

Audi am rechten Rand des Weges, hinter uns hält auch der Jeep des Doktors. Weiter vorn stehen mehrere Wagen wild durcheinander. Die beiden Morde scheinen die gesamte Stadt zu mobilisieren.

Kaum sind Hauser und ich ausgestiegen, werden wir von der Meute erfasst: »Da hinten!« – »Furchtbar!« – »Das arme Kind!« – »Grausam zugerichtet« – »Maria, Jesus, Josef und alle Schutzheiligen, steht uns bei!«

Die Menge schiebt uns die Rückwand der Halle entlang über den glitschigen Rasen. Der vor ein paar Tagen gefallene Schnee ist inzwischen schon wieder geschmolzen und hat die Felder und Wiesen in Morast verwandelt. Rund zwanzig Leute stehen um uns herum. Wie will man da ordentlich ermitteln!

Hauser kommt mir zuvor: »Bitte! Leute! Geht doch mal zur Seite! Es handelt sich hier um einen Tatort. Versuchen Sie bitte, nicht zu nahe an die Leiche heranzutreten, zerstören Sie nicht eventuelle Spuren!«

Murrend ziehen sich die Männer – ja, es sind erstaunlicherweise ausnahmslos Männer – zurück.

Ich wende mich an einen unter ihnen. »Wer hat denn die Leiche gefunden?«

Die Arbeiter drehen sich suchend um und deuten dann auf einen breitschultrigen Hünen, der etwas abseits im Schlamm sitzt, das Gesicht in den Händen vergraben. »Der Schorsch!«, rufen sie.

Ich zögere, entscheide aber dann, den Mann zunächst einmal in Ruhe zu lassen und erst die Leiche in Augenschein zu nehmen. Sie liegt ganz offenbar hinter einem der Büsche, die sich vor mir erheben. Vorsichtig streiche ich ein paar Äste zur Seite, tatsächlich: ein Mädchen. Ich übergebe mich zwar nicht, aber mein Herz und meine Eingeweide ziehen sich krampfartig zusammen. Das Gesicht der jungen Lisa – denn so scheint sie ja zu heißen – ist recht hübsch und nett zu betrachten, aber zwischen dem Kopf und dem Rumpf klafft anstelle des Halses ein riesiges Loch, in dem man ein Gewirr aus Adern, Sehnen und Knochen bewundern kann. Verrückt, was so ein Hals alles beinhaltet!

Ein recht gruseliges Schauspiel! Gern würde ich Hauser vor mir her stoßen, aber der Feigling hat sich wie ein flüchtiger Schatten verzogen. Der Geruch von Blut und Tod liegt in der Luft.

Der Doc eilt mit lockeren, federnden Schritten heran. »Na, wo brennt's denn?«, ruft er. »Oh, oh! Mein lieber Schwan! Wenn das Mädel nicht tot wäre, könnte es jetzt glatt auf den Mund verzichtet und sich das Essen direkt in den Hals schmeißen!« Er geht an mir vorbei, die schwarze Arzttasche in der Hand. Seiner Jackentasche entnimmt er ein leichtes Gestell, das er auf dem Boden platziert. Dann stellt er die Tasche darauf.

Als er meinen verwunderten Blick bemerkt, erklärt er: »Nach über zwanzig Jahren als Landarzt entwickelt man so manche Tricks ...« Dann wendet er sich mit interessierter Miene der Toten zu.

Die Szene von vor einer Viertelstunde wiederholt sich. Irre ich mich oder klingt das »Hm, hm« eine Spur nachdenklicher als vorhin? Der Doc hebt den Rock der jungen Frau an. Ihr Geschlechtsorgan ist blutüberströmt.

»Tststs«, macht der Doc und schüttelt den Kopf.

»Und?«, stoße ich ungeduldig hervor. »Hat man sie vergewaltigt?«

Dr. Killer wiegt mit dem Kopf. »Sieht so aus, ja.« Er seufzt. »Die armen Eltern!«

»Und auch sie ist erstochen worden?«

»Zweifellos. Ob mit derselben Waffe, muss sich noch herausstellen, könnte aber durchaus sein. Ich vermute, dass es sich um ein etwa fünfzehn Zentimeter langes, spitz zulaufendes Messer handelt. Vielleicht ein Jagdmesser. Aber alle Angaben ohne Gewähr.«

Er packt Gestell und Koffer und ist mir nichts, dir nichts wieder in seinem Jeep verschwunden. Ich sehe mich nach Hauser um. Der steht bei dem aufgelösten Entdecker der Leiche, »Schorsch«, und scheint ihn gerade zu vernehmen. Ich geselle mich zu ihnen.

»... wollte nur kurz pinkeln gehen, die Toiletten im Bauhaus waren verstopft, also bin ich hinter die Büsche und da ...« Der Hüne ringt nach Atem, schluchzt, steht sichtlich unter Schock. Mit einem Wink gebe ich Hauser zu verstehen, dass es keinen Sinn macht, den Mann weiter zu befragen.

»Komm, wir sperren den Bereich ab.«, sage ich. »Wenn der Chef kommt und sieht, wer hier alles rumtrampelt, trifft ihn doch der Schlag. Und zwei Tote reichen mir für heute!«

Gehorsam stiefelt Hauser zum Wagen und holt das Absperrband. Gar nicht so einfach, hier irgendwas zu finden, an dem man es festbinden kann. Wir entscheiden uns für die Regenrinnen der Tennishalle und einen robusten Busch neben dem Fundort. Das Band reicht mit Müh und Not. Während ich den letzten Knoten festziehe, höre ich aus der Ferne eine Polizeisirene nahen. Unser grauer Zivilvolvo rauscht heran, ein heulendes Blaulicht auf dem Dach. Here comes Helbich!

Der Kies knirscht unter den Reifen, als der Wagen zum Stehen kommt. Mit erstaunlicher Wendigkeit springt Helbich hinter dem Lenkrad hervor und läuft auf uns zu. Auch Feiti ist mitgekommen und folgt ihm dicht auf den Fersen.

Die Gruppe der Arbeiter teilt sich vor den beiden Beamten wie das rote Meer vor Moses.

»Spichtinger! Lagebericht!«, kommandiert Helbich.

Ich erläutere ihm nochmals die beiden Leichenfunde. Helbich runzelt die Stirn und nickt nachdenklich.

»Vergewaltigt, sagen Sie? Ja, ganz wie ich dachte. Das riecht nach der Tat eines Perversen. Daran mangelt es uns hier in der Gegend ja nicht. Stimmt's nicht, Hauser?«

Hauser zuckt zusammen und ruft: »Ganz recht, Chef!«

»Ich hab auf dem Weg hierher auf einen Sprung beim Landrat Winter vorbeigeschaut. Das ist ein alter Tattergreis, ich habe also versucht, ihm die Nachricht schonend beizubringen. Der Kerl ist trotzdem umgekippt, hat geheult und rumgeplärrt: ›Anna! Anna!‹. Ich wagte kaum, ihm zu sagen, dass sie erstochen worden ist. Traurig, traurig. Konnte nur ein paar Routinefragen stellen. Mögliche Feinde und das ganze Blabla. Seine Frau war fünfundvierzig, er ist achtundsechzig. Dass man in dem Alter noch Landrat sein darf.«

Er holt einen Notizblock aus seiner Westentasche. »Zurück zu seiner Frau. Scheint ein recht heißer Feger gewesen zu sein. Geborene Anna Meyer. Vor fünfzehn Jahren ungefähr hat sie den Winter geheiratet, er wusste nicht mehr genau, wann. Bestimmt Alzheimer, würde mich jedenfalls nicht wundern. Sie hat sich seit ein paar Jahren um einige seiner Missionen gekümmert. Er selbst habe gesundheitliche Probleme und müsse sich schonen, meinte er. Gesundheitliche Probleme! Der kann sich doch morgens nicht mal mehr seine Hosen selbst anziehen. Und für so was zahl ich Steuern! Na scheiß drauf! Einmal monatlich war die Winter in Schönsee, angeblich, um den Bürgermeister und einen Politikerfreund zu treffen. Sie blieb jeweils nur eine

Nacht. Sie hatten keine Kinder. Der Alte wollte glatt mit uns nach Schönsee fahren, aber ich konnte ihn zum Glück vom Gegenteil überzeugen, habe ihm versprochen, dass wir den Fall im Handumdrehen aufklären, und ihn wieder seiner Pflegerin überlassen. Schön und gut, aber dieser zweite Mord gibt mir zu denken. Das macht die Sache komplizierter. Ich schlage vor, wie fahren kurz zum Hubertus hoch, damit ich mir anschauen kann, was von der Landratsfrau noch übrig geblieben …«

»Das geschieht ihr ganz recht, diesem verdammten Flittchen!«, brüllt auf einmal jemand hinter uns auf dem Weg. Wir fahren wie von der Tarantel gestochen herum.

Ein steinalt wirkender Mann balanciert sich mit Mühe auf einem nicht minder alt aussehenden Fahrrad. Sein Gesicht ist von tiefen Falten zerfurcht, mit seinem weißen Vollbart und den wirren langen Haaren ähnelt er einem senilen Jesus. Seine Augen blitzen wild, als er mit fuchtelnden Armen auf den Busch zeigt, hinter dem der leblose Körper der jungen Lisa liegt.

»Hure! Elendiges Biest! Weg gehört dieses Gefleucht!« Seine Zähne bilden ein schwarzgelbes Schachbrett in seinem weit aufgerissenen Mund. Speicheltropfen fliegen durch die Luft. Er stößt noch einen letzten Fluch aus und radelt von dannen. Entgeistert blicke ich dieser gespenstischen Erscheinung hinterher. Ein Raunen läuft durch die Arbeiterschar.

»Ernst Liebling«, flüstert Hauser dem Chef zu. »War nicht er es, der …«

Helbich nickt mit ernster Miene. »Die Schlägerei vor ein paar Wochen. Es ging um eine Frauengeschichte. Den Kerl müssen wir uns näher anschauen. Die Akte liegt ja noch auf meinem Schreibtisch.«

Feiti bleibt bei der Turnhalle zurück, um den Fundort bis zur Ankunft der Spurensicherung zu sichern. Hauser, Helbich und ich fahren im Volvo zum Hotel Hubertus hoch. Im Auto philosophiert Helbich vom Rücksitz aus: »Ich denke, das wird sich alles schnell aufklären. Es gibt achthundert Einwohner in diesem Nest, so groß ist die Auswahl da nicht. Außerdem erscheint mir dieser Ernst Liebling höchst verdächtig, ein ehemaliger Berufssoldat, wenn ich mich recht erinnere. In der Stadt wird er nicht gern gesehen. Er versäuft seine Rente und lebt wie ein Obdachloser. Wenn das mal keine Spur ist!«

Hauser legt noch eins drauf: »Solche Kerle arbeiten mit Messern!«

Helbich nickt zufrieden. »Ganz meine Vermutung! Und deshalb werden Sie, Hauser, nachher Herrn Horn oder Herrn Völkl anrufen und darum bitten, dass die Akte des werten Herrn herausgesucht wird. Müsste in dem Stapel Papier auf meinem Schreibtisch zu finden sein, wenn ich mich nicht irre.«

Hauser parkt den Audi sorgfältig auf einem der Parkplätze vor dem Hotel. Da ich die Leiche der Landratsgattin schon mehr als genug gesehen habe, schlage ich vor, die Rezeptionistin zu befragen, während Helbich mit Hauser das Spektakel begutachtet.

Der Chef stimmt mir aufmunternd nickend zu. »So ist's gut, Spichtinger! Eigeninitiative zeigen! Sehr schön!«

Hauser lächelt säuerlich, als ich ihm einen triumphierenden Blick zuwerfe. Wir betreten das Hubertus durch denselben Eingang wie vorhin. Leni empfängt uns hinter dem Tresen.

»Ah, da sind Sie ja schon wieder. Wollen Sie, dass ich Ihnen das Zimmer aufsperre? Ich hab es vorsichtshalber zugesperrt. Die Winter fängt an zu riechen, und das …«

»Geben Sie uns einfach die Schlüssel«, unterbricht Helbich sie hastig. »Sie wissen ja, wohin es geht, oder?«, fährt er an Hauser gewandt fort.

»Ja, sicher, Chef.«

»Gut. Herr Spichtinger hier wird Ihnen in der Zwischenzeit ein paar Fragen stellen. Danke.« Helbich nimmt den Zimmerschlüssel und folgt Hauser, der ihm den Weg weist. Ich bleibe allein mit Leni zurück. So recht weiß ich nicht, wie ich anfangen soll, also lächle ich ihr zunächst besänftigend zu. Sie erwidert das Lächeln allerdings nicht. Himmel, was frag ich sie jetzt nur? Stotternd bringe ich den ersten Gedanken zum Ausdruck, der mir durch den Kopf schießt:

»Ähem … ich … also, kennen Sie eigentlich Ernst Liebling?« Oh mein Gott, was war denn das für eine Art, ein Verhör zu beginnen?! Sie blickt mich leicht verwundert an.

»Den Ernst? Freilich kenn ich den Ernst, Herr Wachtmeister.«

»Kommissar!«

»…«

»Kommissar. Ich bin Kommissar!«

»Ach so. Ja, ja. Hätte ich eigentlich wissen sollen. Aber ich bring immer alles durcheinander. Als ich noch in Weiden gearbeitet hab, hab ich auch nie die Leute auseinanderhalten können.«

»Was haben Sie denn in Weiden gemacht?«

»Des Gleiche wie hier! Bloß dass das dort eine Bar war, und jetzt kümmere ich mich um ein Hotel, das war leichter in Weiden, aber man kann sich's ja nicht immer aussuchen.«

»Und Ernst Liebling?«, hake ich nach.

»Ach, der Ernst. Hier kennt jeder jeden, aber den Ernst, den kennt man besser als alle andern.«

»Ist er aus der Gegend?«

»Nein, der kommt nicht aus dem Dorf, des ist ein Zugereister. Er kommt irgendwo aus der Stadt, Regensburg oder Landshut, ich hab's vergessen, obwohl er es mir oft genug gesagt hat. Er ist hergezogen, weil er die Jule geheiratet hat. Ich hab ihn von Anfang an gekannt ... das Lustigste ist, dass er Ernst Liebling heißt, aber keiner mag ihn.«

»Keiner kann ihn leiden?«

»Ich schon! Ich mag ihn gern. Aber es stimmt schon, dass er einen leichten Dachschaden hat. Überall richtet er nix als Ärger an, nicht einmal seine Kinder reden mehr mit ihm.«

»Welche Art von Ärger richtet er denn an?«

»Alles Mögliche. Ich kenn mich da nicht so aus. Aber ich weiß, warum Sie mit mir über den Ernst reden wollen.«

»Ach ja?«

»Die Leute halten ihn für verrückt, deswegen. Bald wird das ganze Dorf glauben, dass er die Winter und die Lisl umgebracht hat. Aber ich bin da nicht so sicher.«

»Wieso denn nicht?«

»Weil, heut' morgen beim Semmelnholen, da hab ich den Ernst beim Albang im Wirtshaus sitzen sehen, wie immer. Ich weiß nicht, aber wenn man in der Nacht zwei Weibsbilder umgebracht hat, dann sitzt man normalerweise nicht so ruhig da und schlürft sein Bier.«

»Das ist nicht sicher! Das ist nicht sicher!«

»Ja, gut, kann schon sein: Aber da muss man schon die Ruhe weg haben. Oje, was für ein Tag! Und der Ostwind!

Der macht mich fertig. Ich werd mich nie dran gewöhnen.«

»Wann haben Sie den Leichnam eigentlich gefunden?«

»Das hab ich dem Inspektor am Telefon doch schon gesagt, oder was war das … dem Kommissar? Ich hab Sie gleich angerufen, stimmt's? Die Winter hatte mich gebeten, sie um kurz nach zehn zu wecken. Sie wollte vorm Mittagessen wieder zurück nach Oberviechtach.«

»Sie blieb nie länger als einen Tag und eine Nacht im Dorf?«

»Nein, außer wenn sie mit ihrem Mann, dem Landrat, gekommen ist, aber der ist alt geworden und fährt nicht mehr so viel durch die Gegend. Der ist bestimmt zwanzig oder dreißig Jahre älter als sie. Seit ein paar Jahren ist sie immer allein gekommen. Oft am Monatsend. In Geschäftssachen, hat sie gesagt. Ich kenn mich da nicht so aus.«

»Und wen trifft sie, wenn sie da ist?«

»Des geht mich nix an …«

»Aber Sie wissen doch etwas?«

»Ich bin ihr nie hinterhergegangen … ich lass ihr immer die Schlüssel, weil sie immer spät zurückkommt. Ich mein, ich hab ihr immer die Schlüssel gelassen … Am Abend hat sie immer mit dem Baron gegessen.«

»Dem Baron?«

»Ja, der wohnt ein wenig außerhalb, wenn Sie den Berg ein bisschen weiter raufgehen, Richtung Laub, auf der linken Seite, mitten im Wald.«

»Und er ist ein Baron …?«

»Das weiß ich nicht. Ich glaub aber eher nicht. Die Leute in der Stadt nennen ihn halt so. Eigentlich heißt er Haberl, soviel ich weiß. Auf alle Fälle hat er Geld ohne Ende …«

»Und er ist ein Freund der Landrätin?«

»Freund, das weiß ich nicht, aber unter solchen Leuten, da kennt man sich.«

»Frau Winter übernachtete immer im Hotel Hubertus?«

»Einmal im Monat, ja. Zumindest seit ich da bin.«

»Das heißt?«

»Ich bin vor zwei Jahren zurückgekommen.«

»Aus Weiden?«

»Ja.«

»Aber Sie sind hier geboren?«

»Freilich! Ich bin weggegangen, weil ich die Schnauze voll gehabt hab von den Leuten und all dem Zeug, aber jetzt bin ich wieder da …«

»Von was hatten Sie … die Nase voll?«

»Vom Wind, von den Leuten, vom Dorfleben. Nix als Wald außen rum, ein paar hundert Einwohner, da kennt man bald alles und jeden … Nein, das ist kein Leben.«

»Wieso sind Sie denn zurückgekommen?«

»Oje, das ist eine lange Geschichte …«

»Also, ich fasse mal kurz zusammen: Um zehn Uhr morgens sind Sie die Treppe zu Frau Winters Zimmer hochgestiegen, um sie zu wecken. Sie hat nicht geantwortet, und Sie haben die Tür zu ihrem Zimmer geöffnet. Wie kommt es, dass sie nicht abgesperrt hatte?«

»Sie hat nie abgesperrt. Ich hab ihr das Frühstück sonst auch immer ins Zimmer gebracht, und das war nie abgesperrt. Ja, ja, die Dame wollte, dass man ihr das Frühstück ans Bett bringt, wie in den eleganten Hotels …«

»Wie war sie denn so? Freundlich? Arrogant?«

»Sie war so, wie sie halt war.«

»Das hätte ich gern ein wenig genauer!«

»Sie hat gemeint, sie ist was Besseres. Bloß weil sie die Frau vom Landrat ist …«

»Und das haben Sie ihr übel genommen?«

Leni zuckt mit den Achseln. »Des hat mich nur sehr peripher tangiert, wenn Sie verstehen was ich meine.«

»Hm, ja. Kommen wir zurück zu heute früh. Wie haben Sie reagiert, als Sie Frau Winter in ihrem Zimmer entdeckt haben. Das muss doch ein furchtbarer Schock gewesen sein. Haben Sie geschrien, sind andere Gäste dazugekommen?«

»Nein, geschrien hab ich nicht. Ich bin die Treppe runtergesaust, und die andern sind mit mir wieder hoch.«

»Die anderen?«

»Die Gäste halt, die in der Gaststube gesessen sind. Der Jakkel, der Michel, der Hintermeier und …«

»Und?«

»Ich hab gesagt, dass nix berührt werden darf. Ich hab an die Fingerabdrücke gedacht und das ganze. Also hab ich alle rausgeschmissen, die Tür zugesperrt, und dann hab ich Sie angerufen.«

»Da wussten Sie noch nichts von der Lisa?«

»Natürlich nix! Wir haben es ja alle erst gerade vorhin im gleichen Moment wie Sie erfahren!«

Oje, dumme Frage!

»Und übrigens, haben Sie denn die Waffe schon gefunden?«

»Ich glaube nicht, nein.«

»Des war ein Messer, oder?«

»Wahrscheinlich ja, aber das muss erst noch durch die Autopsie bestätigt werden.«

»Sie werden also von beiden eine Autopsie machen?«

»Das ist die Routine. Die beiden Leichen werden nachher nach Amberg in die Gerichtsmedizin gebracht.«

»So ganz koscher ist mir die Geschichte ja nicht, muss ich sagen …«

»Hm, ja, all das ist sehr seltsam.«

»Aber eins ist klar: Hier in der Stadt haben's alle einen Vogel. Das ist wegen dem Wind, sag ich Ihnen. Der Ernst ist verrückter als alle andern, aber ich glaub, dass jeder andere des genauso gut hätt machen können. Das ist leicht, den Ernst zu beschuldigen.«

»Aber ich habe nicht gesagt, dass man ihn beschuldigt.«

»Das will nix heißen. Ich hör viel hinter dem Tresen, und außerdem waren Sie es, der mir als Erstes vom Ernst erzählt hat …«

»Das war doch nur eine Routinefrage. So wie der sich vorhin aufgeführt hat, kann es sich nicht um ein Unschuldslamm handeln. Er scheint ein recht ungeregeltes Leben zu führen. Wo wohnt er eigentlich?«

»Solange er noch mit seiner Frau gelebt hat, hat er drei Häuser weiter gewohnt, gleich da unten. Aber seitdem sie ihn davongejagt hat, und sie hat ihre Gründe gehabt, wohnt er in einer Hütte am Waldrand. Ich frag mich, wie er das im Winter bei der Kälte und dem Wind dort aushält. Hier in der Gaststube hab ich die andern wetten hören, dass er noch vor dem Frühling das Zeitliche segnet.«

»Das ist ja makaber!«

»Ach, finden Sie? Er bräuchte sich ja nur eine Heizung einzubauen. An Geld fehlt's dem Geizkragen bestimmt nicht.«

Schlagfertig ist es ja, dieses Mädel! Nicht auf den Mund gefallen. Das gefällt mir.

»Schau'n Sie nur mal raus, des Wetter ist nicht normal. Kein Wunder, dass da solche Sachen passieren. Die Mannsbilder sitzen den ganzen Tag im Wirtshaus, und die Weiber machen nix anders als schlecht übereinander zu reden. Am Sonntag rennen sie alle in die Kirche und spielen die Heiligen. Im Sommer kommen Touristen, weil die Luft angeblich so gut ist. Gleich lach ich! Und dann spazieren sie durch die Gegend und durch den Wald und sagen, wie schön doch alles ist und wie toll. Ein paar von denen haben sogar ein Haus gekauft im Dorf, wir sagen immer die Preußensiedlung, weil es da nur Ossis gibt aus Hannover, Köln, Berlin oder halt Leute, die nicht aus der Gegend kommen. Aber so richtig lang werden die es hier nicht aushalten. Man muss schon hier geboren sein, und nicht einmal dann ist man sicher vor dem Gerede ...«

»Was mich vor allem beunruhigt, ist der Mord an der Lisa. Dass man die Winter umgelegt hat wegen ihres Geldes, das leuchtet mir ein. Aber dass man dann im Anschluss daran eine Siebzehnjährige vergewaltigt und umbringt, das verstehe ich nicht. Er muss ihr irgendwo aufgelauert haben. Sie lag hinter der Tennishalle in einem Busch. Irgendjemand hätte doch etwas sehen oder hören müssen. Es gibt mehrere Häuser in der Nähe.«

»Vielleicht waren es ja zwei Mörder. Lieber Gott, ich bin fix und fertig mit die Nerven. All diese Emotionen, würde der Chef sagen. Der ist die ganze Zeit müde, der hat die ganze Zeit Emotionen ... aber ich, die Leni, darf schuften. Eigentlich heiß ich ja Leonora, keine Ahnung, was meine Alten sich da gedacht haben. Leonora Spachtelhuber. Aber alle sagen Leni, das ist einfacher. Wenn ich mal ein Café aufmache, dann nenn ich das *Chez Leonora*. Französisch. Das ist die beste Reklame. Die Leute mögen fremde Sachen, solange sie nicht zu fremd sind.«

Der Asterix-Fan in mir regt sich, und ich kann mir nicht verkneifen zu fragen: »Kennen Sie denn den Asterix, in dem Methusalix meint: ›Ich habe nichts gegen Fremde. Einige meiner besten Freunde sind Fremde. Aber diese Fremden sind nicht von hier!‹« Ich lache aus vollem Halse, beruhige mich aber schnell, als ich sehe, dass meine Bemerkung bei Leni nur wenig, ja gar überhaupt keine Heiterkeit hervorgerufen hat. Peinlicher Moment. Zum Glück steigen Helbich und Hauser gerade wieder die Treppe herunter. Beide sind merkwürdig ruhig.

»Gibt es die Möglichkeit, hier etwas zu essen?«, fragt Helbich die Rezeptionistin. »Oder bleibt die Küche heute geschlossen?«

»Natürlich können Sie was essen. Ich hab Wiener Schnitzel mit Pommes, des geht schnell.«

»Gut. Wir setzen uns in die Gaststube. Los, die Herren.« Hauser und ich folgen gehorsam.

Rustikal als Beschreibung für die Innenausstattung wäre untertrieben. Holztäfelung, Hirschgeweihe und bayerische Wimpel in den Ecken. Wir sind die einzigen Gäste. Ein schwaches Licht erhellt kaum den Raum. Mit Mühe lese ich die ernste Miene auf Helbichs Gesicht.

Leni ist hinter dem Tresen beschäftigt, sie sagt kein Wort. Ich vermute, dass sie ihre Gefühle lieber allein in einem Zimmer verdauen würde, als uns drei zu bedienen. Wir trinken ein Bier als Vorspeise.

Helbich hat sich mehrere Minuten Entspannung auferlegt. Ein paar Worte zum Wetter, zur Natur, zum Dialekt der Leute. Hauser erzählt von seiner Großmutter, die Freunde in einem Oberpfälzer Dorf hatte. Deswegen habe er auch keine Verständnisprobleme, obwohl er in Stuttgart aufgewachsen sei.

Ich selbst bleibe in meine Sherlock Holmes'schen Gedanken vertieft. Doch da nehme ich den Duft gebratenen Fleisches wahr. Leni nähert sich mit drei gefüllten Tellern unserem Tisch. Ich werfe einen Blick auf die Schnitzel und – wieso auch nicht – auf Lenis vorüberhuschendes, breites Hinterteil.

Dieses Mädchen hat mein Interesse geweckt. Sein dicker Hintern, der hin und her wiegt, während es sich langsam durch den Saal bewegt, sein Schweigen hinter dem Tresen. Leni hat bestimmt niemanden, dem sie ihre Aufgewühltheit mitteilen kann. Ich beschließe, mich näher mit ihr zu beschäftigen.

Helbich macht eine Pause und gähnt mit weit offenem

Mund. Ein Stück Schnitzel klebt zwischen seinen Zähnen. Er streckt seine Beine unter dem Tisch aus und rülpst laut und vernehmlich.

»Gut! Picobello. Kurzes Briefing. (Helbich ist polyglott) … Was habt ihr bisher festgestellt?«

Mit einer eleganten Geste zieht Hauser seinen brandneuen Notizblock aus der Tasche, öffnet ihn mit Bedacht und folgt mit einem Kugelschreiber jeder einzelnen Zeile, die er im Laufe seiner Ermittlungen des Nachmittags niedergeschrieben hat.

»Also, als Erstes haben wir das Zimmer der Toten angesehen, das haben Sie inzwischen ja auch …«

»Gut, gut«, ermuntert ihn der Chef mit wohlwollender Stimme. »Keine Spur von der Waffe?«

»Nein, leider nicht.«

»Schon irgendwelche verdächtigen Personen?«

»Tja, Sie waren dabei als …«

»… dieser Rüpel von Ernst Liebling die Kleine beschimpft hat. Ja, ein absolut unerhörtes Benehmen.«

»Ich habe – als Sie das Zimmer der Toten untersucht haben, Chef – den Horn Mich in Ovi angerufen. Der hat mir durchgegeben, was in der Akte dieses Kerls steht«, sagt Hauser.

»Und?«, frage ich neugierig.

»Also, Name: Liebling, Ernst. Das wissen wir ja. Geboren am 10.01.1954 in Landshut. Schlägereien, nächtliche Ruhestörung, Trunkenheit am Steuer und nicht am Steuer, Landstreicherei … nicht gerade das, was man ein unbeschriebenes Blatt nennt. Da ist einiges an Blut und Tinte geflossen.«

Dieser Hauser hätte Literat werden sollen mit all seinen wundervollen Metaphern.

»Also, wenn Sie mich fragen ...« Hauser räuspert sich.

»Nur raus mit der Sprache!«, fordert Helbich ihn auf.

»Also ... (Hausers Manie, ständig ›also‹ zu sagen, geht mir saftig auf den Keks!) ... der Mich sagt es auch. Die Leute haben ihm schon oft von Liebling erzählt. Der Mann ist höchst verdächtig. Er belästigt die Touristen im Dorf und nervt alle mit seiner unverschämten Art. Außerdem behauptet er, dass jeder mit seiner Ex-Frau schläft. Was aber angeblich nicht stimmt. Sie hat einen guten Ruf im Dorf. Ist hier geboren und aufgewachsen. Sie hat vier Kinder großgezogen, und noch dazu hat sie diesen Säufer, Lügenbold und Angeber ertragen, der ständig Streit sucht. Also, für mich gibt es da eigentlich keinen Zweifel.«

»Woran gibt es keinen Zweifel, Hauser?«

Hauser wird purpurrot. Eigentlich sollte er meine ironischen Fragen inzwischen gewohnt sein, aber sein Mangel an Humor macht ihm da einen Strich durch die Rechnung.

»Es gibt keinen Zweifel daran, dass dieser Seppel die Morde verübt hat.«

Ich runzle kritisch die Stirn. Zumindest glaube ich das. Es gibt keinen Spiegel. »Die Zeugenaussage, die ich vor dem Essen eingeholt habe, stimmt damit aber nicht überein. Ich würde gar sagen, sie widerspricht dieser These.«

»Ach ja!«, faucht Hauser.

»Und wie sieht diese Zeugenaussage aus, Spichtinger?«, fragt Helbich väterlich.

»Ich hatte eine lange, aufschlussreiche Unterhaltung mit Leni.«

»Leni?«, höhnt Hauser.

»Die Bedienung, die, ganz nebenbei bemerkt, die Tote entdeckt hat. Findest du nicht, dass sie einen breiten Hintern hat, Hauser?«

Hauser ist sprachlos. Der Chef hingegen bohrt nach. »Was konnte sie Ihnen sagen? Das Mädchen kann uns vielleicht helfen. Es kennt bestimmt jeden im Dorf und hört alles Mögliche hinter seinem Tresen ... Bleiben Sie dran, Spichtinger. Keine Sorge, die Zoiglbiere gehen auf Rechnung der Polizei. Bei einem Bier können Sie sie unauffällig befragen, und ich weiß, dass sie einem Gläschen hin und wieder nicht abgeneigt sind.«

Ich erkläre ihm, dass Leni den Liebling zwar nicht schätzt, dass sie aber an seiner Schuld zweifelt. Und auch, dass ihre Überlegungen und Argumente nicht jeglicher Grundlage entbehren.

Wir rekapitulieren nochmals das Vorgefallene. Zwei Morde in einer Nacht. Zwei Frauen. Der einen wurde der Geldbeutel genommen, der anderen die Unschuld, sofern da noch Unschuld vorhanden war. Bei der Waffe handelt es sich um ein Messer, vermutlich mit einer recht langen Klinge.

Ernst Liebling, ein dorfbekannter Säufer, scheint zumindest in die Tat verwickelt zu sein, wieso hätte er sonst so radikale Beschimpfungen vor der Tennishalle geäußert? Die Lösung scheint auf der Hand zu liegen. Aber dennoch zögern wir. Das ist alles zu einfach.

Selbst Helbich, der dem Staatsanwalt am liebsten sofort den Mörder auf dem Silbertablett servieren würde, möchte noch abwarten und weitere Beweise suchen. Nach der Autopsie, wohl frühestens morgen, werden wir wissen, welche der beiden Frauen als Erstes umgebracht wurde. Wir müssen unbedingt die Tatwaffe finden. Hauser will diese Aufgabe auf sich nehmen. Er verspricht sich viel von einer Befragung weiterer Einheimischer. Vor allem mit Liebling müssen wir eine längere Unterhaltung führen. Ich werde damit beauftragt.

Leni räumt unsere leer gegessenen Teller ab und bringt uns die Nachspeise. Schokoladenpudding. Sie sagt weiterhin kein Wort.

Hauser schleckt genussvoll seine Schüssel leer, während er aus den Augenwinkeln heraus beobachtet, ob ich der Bedienung auf den Hintern gucke. Ich lasse mich nicht beirren.

Der Kommissar schlabbert den Pudding in sich hinein, während er die unterschiedlichsten Theorien äußert. Erzählt von der guten alten Zeit, als die Huren an der Grenze hinter Schönsee hordenweise von ihren Zuhältern verprügelt oder umgebracht wurden.

Um uns herum ist alles still. Leonora klappert in der Küche mit dem Geschirr. Plötzlich hämmert jemand mit voller Kraft gegen die Eingangstür des Hotels. Wir sehen uns erstaunt um.

Der Verrückte lässt von der Tür ab und macht sich daran, wild auf die Fensterscheiben zu schlagen. Wer ist das? Ein Trunkenbold, der sein täglich Bier nicht missen will? Leni kommt aus der Küche herbeigeeilt und öffnet die Tür.

Der Neuankömmling ist keine zwanzig Jahre alt und wirkt nicht im Geringsten betrunken. Eher verlegen und unruhig. Er streicht sich nervös über sein kurzes blondes Haar und sieht zu uns herüber. Offensichtlich will er uns sprechen. Leni führt in an unseren Tisch. Sie hat ihre Lebendigkeit wiedergefunden, wirkt neugierig und aufmerksam.

»Meine Mutter ist verschwunden!«

Der Bursche wendet sich direkt an Helbich, den Ältesten und Dicksten von uns Dreien. Er spricht nur leichten Dialekt. »Also, ich will sagen, ich hab sie heut den ganzen Tag nicht gesehen.«

»Immer mit der Ruhe«, besänftigt Helbich. »Das heißt

noch lange nicht, dass Ihre Mutter verschwunden ist. Vielleicht ist sie nur bei Freunden oder in der Kirche …«

Der Junge schüttelt energisch den Kopf. »Das wüsste ich. Sie geht nie weg, ohne zu sagen, wohin.«

»Hm, ja. Aber wieso sollte sie denn verschwunden sein?« Diese außerordentlich intelligente Frage kam natürlich von Hauser. Sein Kurzzeitgedächtnis möchte ich haben. Mir gehen die beiden toten Frauen jedenfalls nicht aus dem Kopf.

Leni stützt sich mit beiden Armen auf der Tischplatte auf. Sie ergreift das Wort und wendet sich dabei an mich. »Seine Mutter, das ist die Ex-Frau von Ernst Liebling, die Jule …«

»Ah, dann sind Sie also der Sohn von …«, beginnt Hauser, dem langsam ein Licht aufgeht.

»Ja«, antwortet der Bursche.

Das Gesicht des Kommissars verfinstert sich. Er mustert den Kerl und wiegt den Kopf hin und her. »Ei, ei«, seufzt er. »Kurz gesagt: Frau Liebling oder Ex-Frau Liebling, wie auch immer, ist verschwunden. Wann haben Sie sie zum letzten Mal gesehen?«

»Gestern Abend, vor dem Schlafengehen. Sie hat noch ein bisschen gestrickt. Ich bin um zehn ins Bett. Sonst war niemand daheim, meine zwei Brüder und meine Schwester wohnen woanders. Ich bin der Jüngste.«

»Wollte sie noch ausgehen?«

»Wohin?«

»Woher soll ich das wissen? Zu einer Bekannten? Ins Wirtshaus?«

Der Junge schüttelt den Kopf und schluchzt los:

»Ich bin in ihr Zimmer gegangen. Ihr Bett war unbenutzt. Sie würde niemals einfach so wegbleiben.«

Der Chef verzichtet auf seine guten Manieren und fragt: »Sind Sie sicher, dass sie keinen Liebhaber hat?«

Leni antwortet anstelle des Jungen:

»Das ist unmöglich! Auf keinen Fall!«

Helbich ist ein Mann der Tat. Ohne noch einmal mit der Wimper zu zucken springt er auf.

Hauser reagiert blitzschnell. Innerhalb einer Zehntelsekunde hat er seinen Stuhl zurückgeschoben und seine Hab-Acht-Stellung eingenommen. Ich erhebe mich als Letzter.

»Dem müssen wir sofort nachgehen. Hauser, rufen Sie in Ovi und Eslarn an, wir brauchen Verstärkung!«, kommandiert Helbich. »Gibt es hier im Dorf eigentlich eine Feuerwehr?«, fährt er an den jungen Liebling gewandt fort.

»Natürlich!«, entrüstet sich dieser. »Im Übrigen ist Schönsee kein Dorf, sondern eine Stadt!«

Helbich schnaubt nur verächtlich und stiefelt nach draußen. Hauser spricht am anderen Ende des Raumes eifrig in sein Handy. Der junge Liebling und ich stehen ein wenig verloren herum. Es ist dreizehn Uhr. Das Essen liegt mir schwer im Magen. Wann kommt denn endlich die Spurensicherung aus Amberg?

»Spichtinger!«, ruft Helbich.

»Ja, Chef?«

»Nehmen Sie doch kurz die Aussage von Herrn Liebling junior zu Protokoll. Wir bräuchten auch eine genaue Beschreibung der Mutter. Sonst wissen wir ja gar nicht, wen wir suchen sollen. Hauser und ich fahren unterdessen wieder zur Tennishalle runter.«

Ich nicke und lade den jungen Mann mit einer Handbewegung ein, sich doch an einen der Tische zu setzen. Ich nehme ihm gegenüber Platz und mustere ihn kritisch. Er knetet sich nervös die Hände. In zahlreichen Krimis liest man von Mördern, die von sich aus mit der Polizei in Kontakt treten, um unbewusst auf sich aufmerksam zu machen. Habe ich es hier mit dem Mörder zu tun?

Die Befragung des jungen Liebling ist eine Enttäuschung für mich. Sehr viel hat er nicht zu sagen. Auch nicht über seinen Vater.

»Ich will nichts mehr mit ihm zu tun haben«, ist der einzige Kommentar, den er seinem Erzeuger widmet.

Seine Mutter beschreibt er als ruhige, fromme Frau, die an der Seite eines Perversen jahrelang die Hölle durchleben musste. Eins siebenundsechzig groß, dunkelblond gefärbtes schulterlanges Haar. Oft mit Kopftuch unterwegs. Zur Kleidung kann er keine sicheren Angaben machen, er hat sie ja nicht fortgehen sehen. Aber ihr roter Regenmantel fehlt ganz offensichtlich. Ich danke ihm und bitte ihn, sich zu unserer Verfügung zu halten.

Helbich und Hauser sind nach draußen verschwunden. Alles ist still im Hubertus. Nur von nebenan – vermutlich aus der Küche – hört man das leise Klirren von Geschirr. Leni wäscht wohl ab.

Ich durchquere den Vorraum bei der Rezeption und öffne die Eingangstür des Hotels. Der kalte Novemberwind weht mir ins Gesicht. Ich schlage den Kragen meines Mantels hoch und beschließe, allein ein paar Schritte in der Stadt zu machen. Meine Gedanken ordnen. Die Ereignisse verdauen. Schlussfolgerungen ziehen. Vielleicht neue Erkenntnisse erlangen.

Ein leichter Nieselregen hat eingesetzt. Es ist schweinekalt, kaum über null Grad. Wenn Frau Liebling noch am Leben ist, kann man nur hoffen, dass sie sich irgendwo in einem Haus aufhält, bei dieser Kälte würde sie draußen unweigerlich erfrieren.

Mit langen Schritten wandere ich den Berg hinab und an der Tennishalle vorbei. Die Zahl der Autos auf dem Parkplatz hat sich verdoppelt. Ich gehe weiter Richtung Stadtzentrum. Die Hauptstraße hoch. An der frischen Luft arbeitet mein Gehirn auf Hochtouren. Ich beobachte meine Umgebung genauestens. Eine Frau legt auf einem Balkon einen Klappstuhl zusammen. Sie wirkt unsicher und nervös. Oder ist dies nur Einbildung? Ein älterer Herr kommt mir entgegen. Er schwingt einen Spazierstock und weicht mir aus. Hm, hm. Eine Gruppe von Einwohnern hat sich vor der Apotheke versammelt. Die Gespräche verstummen, als ich vorübergehe. Die unfreundlichen Blicke prallen an meiner stolzen Beamtenbrust ab. Ich beschleunige meinen Schritt und versuche, würdig auszusehen.

Meine Neuronen leisten Schwerstarbeit. Sie prüfen eine Theorie nach der anderen. Zwei Tote und eine Vermisste. Letztere kann sehr gut die Täterin sein. Bei der vorliegenden Sachlage ist dies eine logische Schlussfolgerung. Julia Liebling hat die zwei Frauen niedergemetzelt und ist mit ihren Ersparnissen und dem gestohlenen Geld geflohen. Vermutlich hatte auch sie »die Nase voll« von diesem Dorf und seinen Einwohnern. Wieso hat bisher weder Hauser noch mein Vorgesetzter noch irgendjemand sonst diese Möglichkeit in Betracht gezogen?

Es liegt wohl daran, dass Julia Liebling kein Motiv für den zweiten Mord an der jungen Lisa hatte. Gegen die Theorie spricht auch, dass Lisa vermutlich vergewaltigt worden ist. Helbich würde sagen, dass die Vermisste nicht das nötige »Täterprofil« hat. Aber was ist schon ein Profil? Was soll das heißen? Mir fällt auf diese Fragen keine Antwort ein. Ich werde meine Schlussfolgerungen auch erst einmal für mich behalten, da Helbich mich wohl öffentlich lynchen würde, wenn ich versuchen sollte, ihm klarzumachen, dass Julia Liebling die Täterin sein könnte. Julia Liebling, eine brave Ehefrau, die von ihrem Mann enttäuscht worden ist, eine fleißige Christin und Kirchgängerin, kurz: eine Frau, die über jeden Verdacht erhaben ist. Das heißt nicht, dass die Mörderin nicht einen Komplizen gehabt haben kann, der mit den nötigen Mitteln ausgestattet war, um Lisa zu vergewaltigen.

Ich komme an der Sparkasse vorbei. Auf einer Holzbank am Straßenrand sitzen drei junge stark geschminkte Mädchen und tuscheln miteinander. Als sie mich sehen, kichern sie los und tuscheln noch mehr. Ich strecke meinen Rücken durch und stolziere an ihnen vorbei. Zu meiner Rechten sehe ich das grüne Rathaus und den kleinen Brunnen davor, der munter vor sich hin sprudelt. Daneben zweigt die Straße nach Tiefenbach ab. Auf der gegenüberliegenden Straßenseite: eine der drei oder vier Metzgereien am Ort. Ja, der Schönseer liebt das Fleisch und die gute Wurst!

Langsam gehe ich weiter, präge mir alles genau ein, lasse nichts unbeobachtet. Ein kleiner Schuhladen, mehrere Bäckereien, sogar eine Bar. Ein Ramschladen, daneben eine italienische Eisdiele (in Schönsee?), ein Wirtshaus. Kulinarisch scheint es in Schönsee an nichts zu fehlen.

Die Straße macht eine leichte Biegung nach links, ich bin an der Kirche angelangt. Katholisch. Was sonst? In Gedanken versunken, steige ich den Hang vor der Kirche hoch. Ein schwarz gekleideter Mann stürzt förmlich aus einem flachen Nebengebäude. Seine spitze Nase und seine geringe Körpergröße verleihen ihm das Aussehen einer Maus. Die schwarze Sutane wirbelt im Wind. Er kommt direkt auf mich zu.

Der erste Dörfler, der mich anspricht. »Mein Name ist Kraus. Ich bin der Dorfpfarrer, Herr Kommissar.« Er hält mir eifrig die Hand hin. »Eine Tragödie fährt auf unsere Gemeinde herab. Gott ist mit uns, wir dürfen den Mut nicht verlieren. Soeben habe ich erfahren, dass auch Julia Liebling, eine unserer treuesten Seelen, verschwunden ist. Haben Sie schon etwas herausfinden können?«

Der arme Dorfpfarrer ist ganz aufgeregt. Ich verstehe nur zu gut, dass er sich um sein vermisstes Schäfchen sorgt.

»Leider noch nicht, aber ich kann Ihnen versichern, dass wir alles tun werden, um Frau Liebling gesund wiederzufinden. Wer weiß, vielleicht ist sie ja einfach nur bei Verwandten oder Freunden. Wir müssen nicht gleich den Teufel an die Wand malen. Noch deutet nichts darauf hin, dass ihr etwas Schlimmes widerfahren ist. Aber nach den Vorfällen der letzten Nacht müssen wir uns auf alles gefasst machen.«

Der Arme wird noch nervöser. »Jesus steh uns bei! Darf ich Sie auf einen Kaffee in mein bescheidenes Heim einladen?«

»Mit Vergnügen.«

Ich folge dem Pfarrer in das kleine Häuschen. Klein, aber fein. Im Eingangsbereich hängt ein blasser Jesus elend an seinem Kreuz und blickt mich mitleidsheischend an. Kraus bittet mich in das Wohnzimmer. Im Vorbeigehen erhasche ich einen Blick in die Küche. Eine etwa vierzigjährige Frau ist dabei, abzuspülen. Zu ihren Füßen spielt ein kleiner Junge mit einem Playmobilpferd.

»Meine Haushälterin und ... äh ... ihr Sohn«, erklärt Kraus.

Ich nicke. Wir setzen uns an einen Tisch im Wohnzimmer.

»Ich mache mir Sorgen, Herr Kommissar. Der Herr erlegt uns so manch schwere Prüfung auf. Die Erde ist ein Tal der Tränen, sagte schon Chateaubriand. Möge die Jungfrau Maria uns beistehen.«

»Ja, ganz recht«, hasple ich. Wie viele Heilige wird er denn noch um Beistand bitten?

»Das Leben hier im Dorf ist nicht immer leicht«, fährt Kraus fort. »Man muss hier geboren sein, um die Sitten und Gebräuche zu verstehen. Ich bin im Nachbardorf geboren. Eigentlich sollte man glauben, dass mich die Menschen hier als einen der Ihren betrachten. Aber das Gegenteil ist der Fall. Meine Eltern kommen aus Düsseldorf, daher mein Hochdeutsch. Schon allein die sprachliche Hürde ist unüberwindlich. Zu Beginn meiner Amtszeit war es besonders schlimm. Die Leute kamen zwar zum Gottesdienst, zum Beichten jedoch fuhren sie in die umliegenden Gemeinden. Mit Gottes Hilfe hat sich dies inzwischen geändert.«

»Aber Sie sind der Pfarrer. Die Leute müssen Sie doch respektieren.«

»Respektieren: ja. Akzeptieren: nein.«

»Jeder im Dorf ist katholisch, nehme ich an.«

»Nicht alle gehen regelmäßig in die Kirche, aber …«

»Und Frau Liebling?«

Kraus faltet bedächtig die Hände. Sein Blick ist ernst. »Julia Liebling ist eine Frau, die in ihrem Leben viel leiden musste. Gott gab ihr Kraft und Zuversicht.«

»Wieso musste sie leiden? Wegen ihres Mannes?«

»Sehen Sie, Herr Kommissar. Irgendwie habe ich geahnt, dass das einmal schlimm enden wird …«

»Ach?«

»Ernst Liebling ist eine Schande für das Dorf, ein Exhibitionist, der sich ein Vergnügen daraus macht, die anderen in den Schmutz zu ziehen. Stellen Sie sich den grenzenlosen Schmerz vor, den diese arme Frau täglich an der Seite dieses Individuums, dieses Trunkenboldes, dieses Wracks ...«

»Na, na, na. Sie sind ja nicht zimperlich in ihrem Urteil. Seit wann leben denn der Ernst und seine Frau getrennt?«

»Seit ungefähr zwei Jahren, wenn ich mich nicht irre. Julia hatte mich um Rat gebeten. Sie wusste weder ein noch aus. Ernst kam jeden Abend sturzbetrunken nach Hause und belästigte sie und ihre Kinder. Vor allem um ihre Kinder hatte sie Angst. Kinder sind unsere Zukunft, unser Blut. Wer Hand an Kinder legt, versündigt sich auf ewig mit Gott und darf auch keine Gnade erwarten. Niemals!

Die arme Seele! Wäre sie allein gewesen, so hätte sie ihr Schicksal ohne zu zögern ertragen, aber sie musste doch an die Kinder denken. Also hat sie ihm Hausverbot erteilt. Und seitdem macht Ernst ihr das Leben erst recht zur Hölle. Der Kerl ist nicht dumm, wissen Sie. Aber wie soll man solch einem Streithammel, solch einem Besessenen helfen?«

»Er ist also nicht sehr beliebt im Dorf. Verstehe ich Sie da richtig?«

»Das ist noch untertrieben. Die Leute hassen ihn. Und ich kann sie verstehen. Noch dazu zieht er finsteres Gesindel an. In den letzten Jahren war das Leben im Dorf nicht mehr das, was es mal war.«

»Was wollen Sie damit sagen?« Die Erregung kitzelt in meinem Unterleib.

»Da fragen Sie am besten den Bürgermeister. Der versucht verzweifelt, dieser Banditen Herr zu werden. Und die Mühen scheinen sich langsam auszuzahlen. Gottes Zorn traf bereits eines dieser Scheusale, und er wird auch den Ernst nicht verschonen.«

»Was heißt das?«

»Ein Individuum hat versucht, die Jugend des Dorfes zum Drogenmissbrauch anzustiften. Er hat manch Unheil angerichtet. Aber die Eslarner Polizei hat ihn uns glücklicherweise vor einigen Monaten vom Hals geschafft. Der Kerl wohnt im Wald zwischen Eslarn und Schönsee. Möge seine Seele im Fegefeuer schmoren!«

»Und wie heißt diese Person?«

»Martin Rötlich. Er trainierte die Jugendfußballmannschaft.«

Ich suche meine Taschen nach einem Stift und einem Notizblock ab, um den Namen niederzuschreiben. Doch die sind leider leer. Verflixt! Dies sollte einem erfahrenen Polizisten nicht passieren. Verlegen bitte ich den Pfarrer um ein Blatt Papier und einen Kugelschreiber. Ich notiere diese interessanten Informationen.

»Wissen Sie, was aus Rötlich geworden ist? Wo er sich aufhält?«

»Beim letzten Mal, als ich von ihm gehört habe, saß er in Weiden in Untersuchungshaft, glaube ich.«

»Können Sie mir ein wenig mehr über seine üblen Machenschaften sagen? Sie sprachen von Drogen?«

»Bei einer Hausdurchsuchung fand man in seinem Treibhaus mehrere hundert Haschischpflanzen. Außerdem hatte er Heroin und Kokain in seinem Haus versteckt. Ich selbst weiß, dass er ein unschuldiges Mädchen aus dem Dorf dazu verführt hat, sich an Männer zu verkaufen«.

»Können Sie mir den Namen dieses Mädchens nennen?«

Der Pfarrer. schüttelt den Kopf und verweist auf das Beichtgeheimnis.

»Wie wusste die Eslarner Polizei von Rötlichs Machenschaften? Ich nehme an, jemand aus dem Dorf hat Rötlich bei der Polizei angezeigt?«

Kraus gibt eine ausweichende Antwort. Ich belasse es dabei und bedanke mich bei ihm für seine Hilfe.

»Sollten Sie weitere Auskünfte benötigen, so stehe ich Ihnen gern zur Verfügung«, beeilt sich der Pfarrer zu sagen, und wir verabschieden uns an der Haustür.

Es hat aufgehört zu regnen. Die Wolkendecke über Schönsee bleibt aber bedrohlich grau und finster. Die Suchtrupps aus den umliegenden Dörfern dürften inzwischen schon damit beschäftigt sein, die Gegend nach Julia Liebling zu durchkämmen. Ich selbst kann da recht wenig ausrichten. Ich würde nur stören. Noch dazu braucht mein Kopf etwas Zeit, um die Offenbarungen des Pfarrers zu verarbeiten.

Ich wandere gemütlich links am Rathaus vorbei und folge dem Weg, der zum Dorfbach führt. Bach, na ja. Eher ein Rinnsal, das die beiden Schönseer Tümpel – den Hahnenweiher und den Köckenweiher, denen die Stadt ihren Namen verdankt – miteinander verbindet.

Ich setze mich auf eine feuchte Bank und blicke auf das rieselnde Wasser hinab. Das leise Gluckern und Plätschern wiegt mich in einen sanften Halbschlaf. Mit offenen Augen sehe ich eine strahlende Zukunft vor mir. Ich werde diesen Fall noch am Nachmittag aufklären. Martin Rötlich in Handschellen winselt auf Knien vor mir um Gnade. Mein unerbittlicher Blick lässt ihn verstummen. Der Polizeipräsident ernennt mich zum Hauptkommissar. Helbich wird mein Assistent. Von nun an bin ich es, der brüllt: ›Helbich! Sofort in mein Büro kommen! Alles stehen und liegen lassen!‹ Aber der Grad des Hauptkommissars ist nur eine Zwischenstation. Ich strebe nach Höherem. Eine Fernsehsendung wird zu meinen Ehren entwickelt. Sean Connery übernimmt die Hauptrolle, meine Rolle: Max Spichtinger. Ich muss allerdings den Namen ändern. Spichtinger klingt zu sehr nach tiefstem Bayern. Nach Jodeln und Knödeln. Ich denke zurück an die bösen Scherze meiner Klassenkameraden, die mich »dicker Spichti« nannten. Die werden Augen machen!

Ein Radfahrer fährt dicht an mir vorbei und weckt mich aus meinen Tagträumen. Ich analysiere: Der Kreis der Verdächtigen beschränkt sich nicht nur auf das Dorf. Schließlich befinden wir uns nur wenige Kilometer von der tschechischen Grenze entfernt. Es wäre sehr gut möglich, dass eine finstere Bande oder dergleichen in der Nacht die Grenze überschritten und die beiden Frauen um die Ecke gebracht hat. Danach sind diese Gestalten lautlos wieder über die Grenze verschwunden. Dabei haben sie sicher die Tatwaffe und das Geld aus der Handtasche mitgenommen. Da können wir lange im Dorf suchen!

Einen Haken gibt es allerdings schon: Der Mörder muss sich recht gut im Dorf ausgekannt haben. Wie sonst hätte er Frau Winter in ihrem Hotelzimmer überraschen können? Aber es kann sich sehr gut um jemanden handeln, der einmal im Dorf gewohnt hat und ausgewandert ist. Das geschieht heutzutage recht häufig. Ein ehemaliger Dorfeinwohner, ausgewandert, entweder nach Tschechien oder anderswohin, ist vielleicht zurückgekommen und hat diese Verbrechen verübt.

Wieso nicht Martin Rötlich? Ich nehme an, dass man ihn aus der Untersuchungshaft entlassen hat oder dass er ein paar Tage Freigang hatte. Sein Rachegefühl hat ihn zurück ins Dorf getrieben, wo er seine Wut an zwei Frauen ausgelassen hat.

Aber wieso gerade diese beiden Frauen? Die Frau eines Landrats und ein junges Mädchen. Der Pfarrer hat ein junges Mädchen erwähnt, das Rötlich auf die schiefe Bahn gelenkt hat. Lisa? Vielleicht hatte sie vor, gegen ihn auszusagen, und er wollte sie zum Schweigen bringen? Ja, genau so muss es gewesen sein. Und die Winter? Tja, noch einfacher. Er wusste sicher, dass sie reich war. Er hat ihr aufgelauert, ist ihr ins Hotel gefolgt und hat sie umgebracht.

Das alles ist sehr einleuchtend. Ich gratuliere mir zu dieser Idee, entscheide mich allerdings dafür, diese Gedanken für mich zu behalten und auf eigene Faust zu ermitteln. Was werden Helbich und Hauser für Augen machen, wenn ich ihnen den Mörder präsentiere!

Ich muss nur noch die nötigen Beweise sammeln. Als Erstes muss ich herausfinden, wo Rötlich in der besagten Nacht war. Ich versuche, mir diesen Gauner vorzustellen. Seine Persönlichkeit, seine Beweggründe, seine Impulse.

Ich sehe ihn vor mir. Er sitzt in einem alten Opel Corsa, auf dem Weg nach Schönsee. Er ist verbittert, hasserfüllt und habgierig. Ein grausames Grinsen breitet sich auf seinem hässlichen Gesicht aus. Er kommt an. Parkt vor dem Hotel. Er weiß, dass dort niemand einen fremden Wagen bemerken wird. Dann macht er sich auf, um Lisa zu treffen. Vielleicht haben sie sich heimlich verabredet. Vielleicht hat er ihr irgendwelche Versprechungen gemacht, um sie hinter die Tennishalle zu locken. Oder er weiß einfach, dass sie jeden Abend dort vorbeigeht. Er vergewaltigt sie und bringt sie um. Danach kehrt er zum Hotel zurück und sieht zufällig Frau Winter. Den Rest kann man sich denken. Wieso aber ist Frau Liebling verschwunden? Zufall? Oder hat er die auch umgebracht? Wenn sie tot ist, wird sie sicherlich bald gefunden werden.

Ich springe auf. Mein schwerer Magen verlangt nach Trinkbarem. Ein kleines Bierchen könnte nicht schaden. Ich hatte doch vorhin ein Wirtshaus gesehen, oder täusche ich mich? Ja richtig. Neben der Eisdiele. Hatte ich da vorhin nicht ein kleines Schild mit der Aufschrift »Selbst gebrautes Zoiglbier aus Eslarn« ausgemacht? Richtig. Da neben dem Eingang hängt das Schildchen. Mühevoll ziehe ich die schwere Holztür auf und spähe ins Innere der Gaststube. Leer. Beigebraune Stühle und Tische im Halbdunkel. Schwere weiße Vorhänge schließen das schwache Novemberlicht aus. Eine rundliche Frau mit Pausbacken mustert mich misstrauisch hinter der Theke.

»Grüß Gott«, sagt das misstrauische Dickerchen.

»Guten Tag«, antworte ich. »Ich hätte gern ein Zoigl.«

Sie zeigt wortlos auf einen der Tische. Ich setze mich und werfe einen Blick auf die Speisekarte. Als Tagesgericht gibt es Wiener Schnitzel mit Pommes frites. Wenige Minuten später serviert mir die dicke Bedienung ein frisches Zoiglbier. Ich schlürfe gierig den weißen Schaum, das Beste am ganzen Bier. Anstatt sich hinter ihre Theke zurückzuziehen, bleibt sie neben mir stehen und sieht mich neugierig an.

»Haben Sie die Jule schon gefunden?« (Die Nachrichten fliegen hier ja wirklich schneller von Haus zu Haus als die Tauben auf dem Münchner Marktplatz.)

»Nein, noch nicht.«

»Aber den Ernst haben Sie verhaftet, nicht wahr?«

»Ernst Liebling? Ich bitte Sie, immer mit der Ruhe. Ein gutes Motiv macht noch lange keinen Schuldigen. Es muss nicht unbedingt jemand aus dem Dorf gewesen sein.«

»Ach, geh! Sie glauben doch nicht, dass ein Fremder in der Nacht nach Schönsee gekommen ist und die Winter und die Lisl um die Ecke gebracht hat.«

»Sie vergessen Frau Liebling.«

»Ja, die Jule …«

»Aber wieso denn nicht? Es kann doch sein, dass es

jemanden gibt, der sich an den Leuten im Dorf rächen möchte. Weil er glaubt, dass sie ihn verraten haben?«

»Was soll das heißen?«

»Ich habe gehört, dass es hier im Dorf Drogen- und Sexgeschichten gegeben hat. Lisa war vielleicht in eine solche Affäre verwickelt ...«

»Das würde mich nicht überraschen.«

»Ach ja?«

»Schon, schon.«

»Sie war wohl nicht ganz sauber, die Lisa?«

»Das hab ich nicht gesagt. Aber ihr heiliges Getue, des hat ihr hier keiner abgenommen ...«

»Sie war erst siebzehn, nicht wahr?«

»Das will nix heißen. Fragen Sie doch mal den Bürgermeister.«

»Sie wollen sagen, dass die Lisa und der Bürgermeister ...«

»Ich sag gar nix. Dafür werde ich nicht bezahlt.«

Das Gespräch nimmt ein abruptes Ende. Scheinbar habe ich den Stolz der Bedienung getroffen. Sie begibt sich wieder hinter die Theke. Ich nehme einen Schluck von meinem kühlen Bier. Ah! Herrlich. Auf dem Tisch steht ein kleines Kärtchen in einem Plastikständer. »Unser Zoigl« lese ich. Interessiert beuge ich mich vor und überfliege die Zeilen, die offenbar für den Durchschnittstouristen formuliert worden sind:

Der echte Zoigl (auch Kommunbier genannt) ist ein untergäriges, ungefiltertes Bier, das in Kommunbrauhäusern (noch mit Holzfeuerung) nach dem Bayerischen Reinheitsgebot hergestellt wird. Verwendet werden hierzu nur der beste Hopfen, Malz, Wasser und Hefe. Ausgeschenkt wird er dann ungefiltert, direkt vom Lagertank.

Bedingt durch die Holzfeuerung, das offene Kühlschiff, die Hopfenzugabe, die Lagerzeit, die eigene Rezeptur, das Herzblut und der Schweiß des Brauers, wird ein echter Zoigl auch immer etwas anders schmecken.

Am Zoigl sitzt man gemütlich beisammen. Jung und alt, Unternehmer und Arbeiter, sogar die Politik findet hier neutralen Boden.

Zum Zoigl meint ein Kommunbrauer: »Bodenständig und herb – so wie unsere Landschaft.« (Na, da hat er aber recht!)

Ich frage mich, ob ich die Bedienung zu Martin Rötlich befragen soll, denn ich bin mir sicher, dass diese Wirtin mir wertvolle Informationen liefern kann.

Ich beschließe, den Unschuldigen zu spielen: »Sie kennen nicht zufällig einen gewissen Martin Rötlich? Er war angeblich der Trainer der Jugendfußballmannschaft.«

Die Dicke zuckt mit keiner Wimper und fährt fort, hinter der Theke mit einem Lappen zu hantieren.

»Ja …«

»Ist er inzwischen aus dem Gefängnis entlassen worden?«

»Das sollten Sie besser wissen als ich!«

»Nein, ich weiß gar nichts. Ich habe vor einer Stunde das erste Mal von diesem Kerl gehört. Der Pfarrer hat mir gesagt, dass dieser Rötlich einen schlechten Ruf besaß, und deshalb …«

»Und deshalb haben Sie sich gedacht, dass der Martin genauso gut ein Frauenmörder sein könnt. Na sauber! Sie hätten den Pfarrer lieber mal fragen sollen, von wem des Kind seiner Haushälterin ist. Von Zölibat hat der nämlich noch nix gehört. Aber schlecht über andere reden, das kann er. Und wer glauben Sie, hat den Martin bei der Polizei wohl verpfiffen? Nur weil er ein paar Haschischpflanzen in seinem Treibhaus angebaut hat.«

»Sie vergessen das Kokain und das Heroin, das man bei ihm gefunden hat!«

»So ein Schwachsinn. Nix hat man gefunden. Das haben der Bürgermeister und der Pfarrer erfunden, damit sie einen Sündenbock haben. Wahrscheinlich hat er Ihnen auch gleich noch erzählt, dass der Martin ein Zuhälter war.«

»Ja, stimmt das etwa auch nicht?«

»Das ist kompletter Unfug. Ein fescher Bursche ist er halt, der Martin. Und das wird nicht gern gesehen. Neidisch waren sie, nix anderes. Sie sollten nicht alles glauben, was die Leute Ihnen hier erzählen.«

»Ich stelle nur Untersuchungen an und ...«

»Ach ja! Und wieso hätte er die armen Lisl vergewaltigen sollen? Und die Winter erstechen? Wenn er Geld und Frauen gebraucht hätte, dann hätte er sich des woanders besorgt, ganz sicher nicht in einem Hotelzimmer im Hubertus und hinter der Tennishalle!«

Die Pausbacken der Bedienung sind feuerrot. Sie wirkt empört. Ich halte es für besser, das Thema zu wechseln. »Wo, glauben Sie, könnte Julia Liebling stecken? Hatte Sie vielleicht einen Liebhaber?«

Die Bedienung lacht spöttisch. »Einen Liebhaber? Nie im Leben!«

»Oder einen Verehrer?«

»Gewollt hätte sie ja schon. Sie hätte gern wieder geheiratet, damit sie dem Ernst auskommt, aber keiner wollt sie haben ...«

»Gab es jemanden, den sie gern als ihren Mann gesehen hätte?«

»Nix Genaues weiß man nicht. Angeblich ja …«

»Jemanden aus dem Dorf?«

»Woher denn sonst? Sie ist nie aus dem Dorf weggekommen!«

»Können Sie mir sagen, um wen es sich handelt?«

Die Dicke macht eine abwertende Handbewegung. »Sie war hinter dem alten Metzger her. Dem Emil Luba. Der ist Witwer und hat viel Geld und viel Zeit. Aber eins hat sie überseh'n in ihrem Eifer. Nämlich, dass der Emil nicht allein wohnt. Er hat sich zusammen mit dem Huber Frank, einem ehemaligen Holzhauer, ein Haus gekauft. Und da wohnen sie, die beiden Turteltäubchen. Man erzählt sich so manche Geschichten.«

»Und Sie sind sicher, dass Frau Liebling ernste Absichten gegenüber Emil Luba hegte?«

»Ich bin bei gar nix sicher. Ich sag bloß, was halt so erzählt wird …«

»Und Ernst Liebling war auf dem Laufenden?«

»Ja, deswegen hab ich ihn vor ein paar Wochen rausgeschmissen. Einer von den Gästen hat ihn verspottet wegen derer Geschichte, und das hat er sich nicht gefallen lassen. Das ist ein richtiger Choleriker, der Ernst. Zwei Teller und fünf Bierglasl hat er zerdeppert.«

»Ernst Liebling war also krankhaft eifersüchtig und hatte von diesen Gerüchten gehört. Das würde das Verschwinden seiner Ex-Frau erklären. Und dann, nachdem er sie umgebracht hat, …«

»Sie glauben, dass er durchgedreht ist?«

Die Bedienung, die dabei ist, ein Glas abzutrocknen, hält in ihrer Bewegung inne und ihr Blick schweift in die Ferne. »Na ja, das ist nicht unmöglich …«

Sie macht sich mit neuer Energie an ihre Arbeit, betrachtet das Glas im Licht, um dessen Sauberkeit zu überprüfen. Sie scheint mich vergessen zu haben, murmelt vor sich hin: »Seltsam, wozu der Mensch imstande ist ...«

Soll man der weiblichen Intuition vertrauen? Was tun mit den Bemerkungen und Vorgefühlen dieser Frau?

Mein Bierglas ist inzwischen leer. Kein Grund also, länger an diesem Ort zu verweilen. Die Bedienung kommt, um den Tisch abzuräumen. Ich ergreife die Gelegenheit, um noch eine Frage über das von ihr angedeutete Verhältnis des Bürgermeisters mit Lisa zu stellen.

»Wieso sagten Sie vorhin, dass der Bürgermeister und Lisa ... ich meine ...«

Sie stützt sich mit beiden Armen auf der Tischplatte ab und wirft mir einen strengen Blick zu. »Ich will ja nicht schlecht über den Bürgermeister reden, aber es weiß jeder, dass er ein Weiberheld ist. Hinter jedem Rockzipfel ist er her. Er hat die Lisl öfter mit nach Weiden genommen. Vor ein paar Jahren hat er mich auch mit nach Weiden genommen und hat mir versprochen, dass er mir eine Arbeit findet. Aber als wir in Weiden waren, hat er mich nicht zum Arbeitsamt gebracht.«

»Glauben Sie, dass Lisa das mitgemacht hätte? Sie war doch sehr hübsch, nicht war?«

»Ich war auch noch hübsch, als ich siebzehn war. Und ich hätte alles gemacht, um von hier wegzukommen.«

Oje! Ich habe der Bedienung endgültig die Laune verdorben. Ich weiß nicht, wie ich das Gesagte wiedergutmachen kann, suche nach einem Kompliment, das ich ihr machen könnte, aber mir fällt nichts ein.

»So, so. Der Bürgermeister profitiert also schamlos von seiner Stellung.«

»Der Bürgermeister wäre vor allem gern Landrat ...«

»Was wollen sie damit sagen?«

»Eine Lisl fürs Vergnügen, eine Winter fürs Berufliche.«

Was für ein Morgen! Wunderbar, mein lieber Spichtinger! Du machst Riesenfortschritte. Die Affäre verkompliziert sich, aber die Ermittlungen sind wie der Himmel in dieser Gegend: grau und dunkel, ab und zu ein paar Auflockerungen und Sonnenstrahlen. Diese Metapher gefällt mir. Ich werde sie nachher dem Helbich erzählen. In manch kleinem Polizisten steckt ein großer Dichter.

Ich setze mein Verführerlächeln auf und werfe der Dicken einen verschwörerischen Blick zu. »Ah! Frau Winter und der Bürgermeister …«

»Das ist ein offenes Geheimnis im Dorf. Jeder hat das gewusst. Der Schmidt war so stolz auf seine Eroberung, dass er jedes Detail rumerzählt hat.«

»Traf er sie im Hotel?«

»Nein! Niemals! Entweder bei ihm oder beim Baron. Nicht unmöglich, dass sie es zu dritt getrieben haben … das würde mich nicht wundern!«

Schau an, schau an. Mein Chef hat also vielleicht doch recht mit seinem Sittenskandal.

»Sie glauben also, dass er sich nach dem Tod des Landrats Frau Winters Unterstützung erhoffte?«

»Ja, freilich. Was denn sonst. Aber sie hat ihn sitzen gelassen vor Kurzem. Auch die Winter war scharf auf Jungfleisch, und er ist nicht mehr ganz der Frischeste. Als sie den neuen Fußballtrainer gesehen hat, war die Geschichte aus.«

»Den Nachfolger von Martin Rötlich?«

»Nein, der Martin hat nur die Jugend trainiert. Der Forster Karl trainiert die Herrenmannschaft.«

»Und die schöne Winter?«

»Die ist um ihn herumgeschwänzelt. Und das ist nicht nur ein Gerücht, das hat er mir selber erzählt.«

»Sie kennen ihn gut?«

»Er kommt aus Oberviechtach. Hier im Dorf kennt er keinen. Er trinkt oft ein Glasl am Abend bei mir in der Wirtsstube, und wir unterhalten uns.«

»Ist er verheiratet?«

»Nein.«

Ich bohre nach: »Und eine Freundin?«

Sie zögert. Ich bin sicher: Sie zögert. Es ist schließlich mein Beruf, solche Dinge wahrzunehmen.

»Nein.«

»Und wie hat er auf die Annäherungsversuche von Frau Winter reagiert?«

»Die haben ihn nicht interessiert. Noch dazu, wo sie vorher was mit dem Schmidt gehabt hat, und der Karl kann den Bürgermeister nicht ausstehen.«

»Warum?«

»Fragen Sie mich nicht. Keine Ahnung. Das hat irgendwas mit der Politik zu tun. Die sind in verschiedenen Parteien, oder so ...«

»Ist es bereits zu Vorfällen zwischen den beiden gekommen?«

»Gestritten haben sie halt, aber mehr auch nicht. Der Schmidt wollte, dass der Verein den Karl entlässt, als die Mannschaft ein paar Spiele nicht gewonnen hat. Da ist der Karl aufgestanden und hat ihm seine Meinung gesagt. Das ist alles.«

Ich hole das Blatt Papier und den Stift, den ich beim Pfarrer habe mitgehen lassen, aus der Tasche und notiere: Forster, Karl, Fußballtrainer, eventuell verdächtig.

Dann bezahle ich.

Als ich vor das Wirtshaus trete, höre ich plötzlich das Heulen von Sirenen nahen. Ein Notarztwagen rast an mir vorüber. Dicht gefolgt von unserem Audi und zwei anderen Zivilfahrzeugen. Ich erkenne Hausers verkniffenes Gesicht am Steuer und Helbich, der mit ernster Miene auf dem Beifahrersitz hockt und starr nach vorn blickt. Ich hebe den Arm, um ihnen zu signalisieren, dass sie mich doch mitnehmen sollen, irgendetwas Wichtiges scheint sich gerade ereignet zu haben, aber die Wagenkolonne ist bereits um die Ecke verschwunden.

Ich nehme die Beine unter den Arm und jogge hinterher. Als ich an die Linkskurve der Hauptstraße angelange, sehe ich ein paar hundert Meter vor mir den Krankenwagen langsamer werden und nach rechts einbiegen. Mehrere Menschen stehen mitten auf der Straße und beobachten die Ankunft der Ärzte und Polizisten. Ich laufe näher und sehe, dass sich in der Tat bereits eine beträchtliche Gruppe Polizisten und Einheimischer angesammelt hat. Sie blicken zu einer Baumgruppe etwa fünfzig Meter neben der Straße. Es herrscht Katastrophenstimmung. Kinder, Männer und Frauen unterhalten sich bestürzt. Ein tiefes Raunen schwillt an. Ich vernehme Schluchzer und hysterische Weinkrämpfe. Ich mische mich unter die Leute, und noch völlig außer Atem spreche einen der ganz in orange gekleideten Suchpolizisten an.

»Kommissar Spichtinger aus Oberviechtach. Gibt es Neues bei der Suche nach Frau Liebling?«

Mein Gegenüber mustert mich misstrauisch von Kopf

bis Fuß. In seinen Augen lese ich Ungläubigkeit. Ich weiß nicht genau, was ich denken soll. Selbst mein biederes Beamtendasein bleibt von existenziellen Fragen nicht verschont.

»Ich kann Ihnen meinen Ausweis zeigen, wenn Sie möchten …«

Der Polizist verzichtet darauf, meinen Ausweis zu kontrollieren. Er begnügte sich mit meiner Handbewegung in Richtung Baumgruppe. »Am Bach … kein schöner Anblick. Jemand hat ihr wohl mit einem Stock einen Schlag auf den Hinterkopf verpasst und sie anschließend am Bach liegen lassen. Der Mörder muss sie für tot gehalten haben. Aber die Kollegen meinten, sie lebt noch.«

Der Polizist schüttelt sich vor Ekel. Dann fährt er fort: »Der Notarztwagen bringt sie ins Krankenhaus nach Oberviechtach, aber es ist nicht sicher, ob sie überleben wird.«

Ich nicke verständnisvoll und väterlich, ganz so wie Helbich es in meiner Gegenwart zu tun pflegt. Ich gebe ihm einen Klaps auf die Schulter und bewege mich in Richtung Fundort. Da legt er noch einen Satz hinzu: »Ach ja, wir haben übrigens auch noch das Messer gefunden.«

Ich zucke zusammen und drehe mich blitzschnell um. »Die Tatwaffe?«

»Ja.«

Jetzt aber ab die Post. Ich schlüpfe unter der Absperrung durch, die zwei Beamte soeben errichtet haben, und eile einen sandigen Weg entlang zu der Baumgruppe, auf die der junge Polizist gezeigt hat. Zwei Personen in weißen Arztkitteln kommen mir mit einer Bahre entgegen, darauf liegt – dick eingehüllt in mehrere Decken – ein Körper. Mehr sehe ich nicht. Ich drehe mich um und schaue den beiden Männern hinterher, die nun die Bahre vorsichtig durch die offenen Türen in den Rückraum des Krankenwagens bugsieren. Bang! Bang! Die Türen fallen ins Schloss. Einer der Männer steigt hinter das Steuer, und der Wagen fährt mit Sirenengeheul wieder ab.

Ich sehe mich nach meinen Kollegen um. Meine lange Abwesenheit könnte als Desertieren verstanden werden. Ah, da vorn zwischen den Bäumen sind sie ja. Ich schreite den schmaler werdenden Weg entlang. Ich erinnere mich: Hier führt ja jedes Jahr der traditionelle Johannislauf vorbei. Um die 250 Läufer quälen sich alle Jahre wieder auf knapp zehn Kilometern über diesen hügeligen Sandweg. Auch ich habe im Juni überlegt, ob ich mir das antun soll, habe es aber denn doch bleiben lassen.

Ich weiche vom Weg ab und kämpfe mich durch das hohe Gras zu Hauser und meinem Chef durch. Letzterer hat mich schon erblickt. Er wirkt leicht verstimmt, wenn ich mal untertreiben darf.

»Wo haben Sie denn gesteckt? Mal ein bisschen Luft schnappen oder was? Wir sind hier nicht im Urlaub, Spichtinger!«

Hauser, der ein paar Meter weiter über einen dunklen Fleck im Gras gebeugt steht – vermutlich Blut – gluckst vernehmbar. Ich verteidige mich: »Ich habe ermittelt … Dabei habe ich interessante Dinge erfahren …«

Helbichs Gesichtsfarbe wechselt von rot auf dunkelrot.

»Interessante Dinge! Sie können sich Ihre interessanten Dinge sonst wohin stecken, ich denke, Sie wissen, was ich meine! Die Frau von diesem Sittenstrolch und Nichtsnutz Ernst Liebling liegt halbtot im Gebüsch, die Tatwaffe hinter seiner Hütte am Waldrand, und Sie wollen mir mit interessanten Dingen kommen? Ich sage Ihnen eins: Der Schuldige sitzt gerade auf dem Rücksitz eines Polizeiwagens und wird in eine Zelle nach Oberviechtach kutschiert!«

Oje, da habe ich ja einiges verpasst! Die Tatwaffe …

»Das Messer lag hinter der Hütte von Ernst Liebling?«

»Ganz recht! Unsere Suchtrupps haben natürlich als Erstes bei diesem Kerl nachgeguckt, nach all dem, was der sich in der letzten Zeit geleistet hat. Ich dreh ihn so lange durch die Mangel, bis er die Wahrheit ausspuckt. Darauf können Sie sich verlassen.«

»Sie haben ihn verhaftet?«

»Muss man Ihnen alles fünfmal erklären? Selbstverständlich haben wir ihn verhaftet. So … (er wendet sich an Hauser) … Hier gibt es nicht mehr viel zu sehen. Den Rest überlassen wir der Spurensicherung. Wir düsen sofort nach Oberviechtach, ich kann es gar nicht erwarten, dem Liebling zu zeigen, wo's langgeht!«

Mit diesen Worten stapft Helbich davon. Hauser und ich folgen mit ein paar Metern Abstand.

»Nun?«

»Was nun?«

»Ihr habt die Tatwaffe gefunden?

»Ja, in einem Busch hinter seiner Hütte. Ich zeig sie dir gleich, das Messer liegt im Auto.«

»Das beweist aber noch nicht, dass er der Mörder ist«, erlaube ich mir einzuwerfen.

Hauser ist außer sich: »Ach! Dann war ich es vielleicht, der dieses Messer in die Büsche geworfen hat, oder was!«

»Nicht du, Hauser, aber wer weiß? Jemand anderes vielleicht. Habt ihr ihn denn schon befragt?«

»Noch nicht. Wir haben ihm auch noch nicht gesagt, dass wir seine Frau gefunden haben. Damit konfrontieren wir ihn erst nachher beim Verhör. Der Chef erhofft sich ein schnelles Geständnis.«

Ich wiege skeptisch den Kopf. »Da bin ich ja gespannt. Da wäre fast zu schön, um wahr zu sein.« Die letzten Worte flüstere ich nur noch, denn wir sind am Wagen angelangt, wo Helbich ungeduldig auf uns wartet.

»Spichtinger! Sie fahren! Mit Hauser am Steuer glaubt man sich ja in einem Schneckenhaus. Aber dalli!«

Mit einem triumphierenden Blick in Hausers Richtung schnappe ich mir den Schlüssel.

Zehn Minuten später parke ich den Audi in der Garage der Polizeiinspektion in Oberviechtach. Zu dritt eilen wir durch die Tür in den anliegenden Keller. Pete steht vor dem Gang, der zu unseren beiden Zellen führt. Normalerweise sitzen dort nur Betrunkene oder Raser, diesmal aber haben wir vielleicht einen zwei- oder gar dreifachen Mörder unter uns – falls Julia Liebling nicht überlebt. Was übrigens gar nicht so unwahrscheinlich ist, ist sie doch der Pflege des Oberviechtacher Krankenhauses ausgeliefert, das die Patienten in der Regel mit den Füßen voraus verlassen. In der Gegend geht der böse Witz herum, dass ein Oberviechtacher Arzt vor der OP automatisch ruft: »Schwester! Skalpell, Tupfer, Korkenzieher!« Wenn ich irgendwann einmal auf einer Bahre abgeschleppt werde und noch irgendein Wort über die Lippen bringe, dann ist das mit absoluter Sicherheit: »Nicht nach Oberviechtach! Bitte, nicht nach Oberviechtach!«

Helbich nickt Pete grimmig zu und steigt dann die Treppe ins Erdgeschoss hoch. Hauser und ich folgen ihm. Wir gehen in den Gesellschaftsraum. Der Mich und der Feiti gesellen sich zu uns.

»Meine Herren, kurze Lagebesprechung. Im Keller sitzt

ein vermutlich mehrfacher Mörder, der ein Mädchen vergewaltigt, die Frau des Landrats erstochen und seine Frau schwer niedergeschlagen hat. Wir werden alles tun, um den Kerl ordnungsgemäß zu überführen, am besten mit einem Geständnis.«

Allgemeines Nicken im Raum. Ich übe mich in Zurückhaltung, und werde mich hüten, den Chef zu unterbrechen.

»Sehr schön! Wir werden also eine Vernehmung durchführen. Im Vernehmungszimmer. Ich brauch einen, der den guten Bullen spielt … Herr Feitl?«

»Sehr wohl, Chef!«

»Gut. Ich habe auch die Eltern der jungen Lisa benachrichtigen lassen und herbestellt. Die dürften jeden Augenblick auftauchen. Spichtinger und Hauser, kümmern Sie sich doch darum. Sie können das ja vorn im Büro beim Publikumsverkehr erledigen, recht viel werden uns die ohnehin nicht erzählen können.«

Helbich grinst mich finster an. Er weiß, wie sehr mir solche hochemotionalen Begegnungen zuwider sind, bei denen die Leute abwechselnd in Tränen ausbrechen. Resigniert nicke ich. Auch Hauser wirkt nicht gerade begeistert. Genau in diesem Moment klopft Pete an die Tür.

»Herr und Frau Kühner sind da.«

Ich schaue fragend in die Runde. »Kühner? Wer ist das?«

Hauser antwortet wie aus der Pistole geschossen, zufrieden, zeigen zu können, dass er die Fakten besser kennt als ich: »Die Eltern der ermordeten Lisa Kühner.«

Ich begreife. Wir folgen Pete durch den Gang. »Ich hab sie ins Büro neben dem Vernehmungszimmer gebeten«, erklärt er uns flüsternd, ehe er wieder nach unten in den Keller zu den Zellen geht.

Ich öffne die Tür zum Büro, Hauser dicht an meinen

Fersen. Ein etwa fünfundvierzigjähriger, schlanker, sportlich aussehender Mann und eine etwa gleichaltrige sehnige Frau stehen verloren im Raum.

Beide haben vom Weinen geschwollene Augen. Ich nicke zur Begrüßung und sehe mich nach Sitzplätzen um, die ich ihnen anbieten könnte. Im Raum gibt es leider nur zwei Stühle. Wir stehen uns alle etwas peinlich berührt gegenüber und wissen nicht, was wir sagen sollen. Ich entscheide mich, die erste Frage zu stellen: »Ging Lisa abends häufig aus?« Hm, nicht sehr toll als einleitende Frage, aber jetzt ist es zu spät. Gesagt ist gesagt.

Die Mutter schnäuzt sich in ein Taschentuch und antwortet leise: »Ja, sie hatte viele Freundinnen …«

»Kennen Sie die Namen der Freundinnen?«

»Natürlich, das waren vor allem Klassenkameradinnen. Aber Sie glauben doch nicht, dass …«

»Wir folgen jeder Spur«, wirft Hauser überlegen ein. »Sie können ja in Ruhe überlegen, wen Sie alles zu sehen pflegte, und uns dann eine Liste der Namen zukommen lassen.«

»Hatte sie einen Freund?«, frage ich.

Diesmal antwortet der Vater: »Schwer zu sagen. Das ist schon möglich. Aber, wissen Sie, Lisa ist … war in einem schwierigen Alter. Sie hat uns nicht viel erzählt.«

»Fuhr Sie manchmal in die Stadt, nach Weiden beispielsweise?«

»Schon, ja. Sie hat Arbeit gesucht.«

»Allein?«

»Ja.«

»Wie oft fuhr sie dorthin?«

»Einmal im Monat ungefähr. Jedes Mal hat sie geglaubt, dass sie endlich einen Platz gefunden hat, und man hat ihr gesagt, dass man sie kontaktieren wird, aber nie wurde was draus. Das hat sie ziemlich deprimiert.« Dem Vater versagt die Stimme.

Die Mutter fährt fort: »Das Leben hier in Schönsee … Sie war nicht glücklich, hier hinten. Sie hat die Hauptschule besucht und dann zusätzlich die zehnte Klasse für die mittlere Reife, und ein Zeugnis hat sie auch ein gutes gehabt … aber sie wollte mehr von der Welt sehen … Wer kann denn das getan haben? Haben Sie schon eine Spur, Herr Inspektor? Wer kann das nur getan haben? Wer?« Die gute Frau schreit jetzt fast.

Ich antworte unsicher: »Hm, ja also …, wir haben eine verdächtige Person festgenommen …«

»Wen denn?«

»Ernst Liebling. Sie kennen ihn vielleicht?«

»Den Ernst? Sie glauben, dass es der Ernst war?«, fragt der Vater ungläubig.

Ich rette mich in meine Beamtenzurückhaltung. »Ich glaube nichts.«

»Aber warum sollte er das gemacht haben? Die Lisa hat ihm doch nichts getan«, schluchzt die Mutter.

Oje, oje. Wie ich dieses Geheule, diese Tränen und dieses Gewinsel hasse! So kommen wir nicht weiter. Ich mache kurzen Prozess und geleite die verheulten Eltern zur Tür hinaus: »Ich danke Ihnen für Ihre Hilfe. Wir melden uns bei Ihnen, sobald wir Neues wissen.«

Erleichtert schließe ich die Tür. Im selben Moment klingelt das Telefon. Hauser hebt ab, sagt dreimal »Aha«, zweimal »Danke« und einmal »Haha, sehr lustig« und legt wieder auf.

»Anna Winter wurde als Erste getötet, zwischen elf und halb zwölf Uhr abends, etwa eine Stunde später dann Lisa Kühner. Das war der Gerichtsmediziner aus Amberg. Er hat gefragt, wann sie das dritte Paket holen sollen, weil die Liebling es im Oberviechtacher Krankenhaus bestimmt nicht lange macht, so ein Depp!«

Die Winter wurde als Erste getötet? Das ist wirklich seltsam. Ich habe mir die Geschehnisse ganz anders ausgemalt, hätte gewettet, dass Lisas Mord sich … sagen wir … spontan ergeben hat. Die Kleine widersetzt sich, Vergewaltigung, er dreht durch. In seinem Rausch macht er sich über die anderen her, über die reiche Landratsfrau, über die Zeugin, die ihn vielleicht gesehen hat … hm, ja, aber wen *ihn*?

Die Einheimischen, Hauser und der Chef haben sich auf Liebling eingeschossen. Na schön! Aber Ernst Liebling hat noch nicht gestanden, und überhaupt erscheint mir diese Lösung zu einfach. Noch dazu glaube ich fest an Lenis Urteilskraft, die meinte, dass Liebling am Morgen nach den Morden in aller Seelenruhe im Wirtshaus gesessen ist. Nein, dieser Fall ist noch lange nicht aufgeklärt!

»Und Frau Winter, ist sie eigentlich vergewaltigt worden?«

Hauser hält diese Frage für vollkommen überflüssig. Er zuckt achtlos mit den Achseln. »Nein! Keine Spur einer Vergewaltigung.«

Die Erinnerung an meine vorhin entwickelte Hypothese drängt sich mir auf. Martin Rötlich ist weiterhin höchst verdächtig. Es ist ohne Weiteres möglich, dass er zunächst Anna Winter im Hotel ermordet und dann Lisa vergewaltigt und umbracht hat. Frau Liebling war vermutlich eine unbequeme Zeugin, die er im selben Atemzug beseitigte.

Aber das lässt sich ja leicht nachprüfen. Ich hebe den Telefonhörer ab und rufe die Polizeiinspektion in Eslarn an. Ein Polizist namens Huber hebt ab.

»Hier Kommissar Spichtinger aus Oberviechtach. Ich

suche einen gewissen Martin Rötlich. Verhaftet vor ein paar Monaten wegen Drogenbesitz und Prostitution. Habt ihr was über den?«

»Einen Augenblick. Ich bin nur der Praktikant.«

Kurze Stille. Dann eine Stimme: »Ja, hallo?«

Ich wiederhole meine Frage.

»Ja, ja. Der Rötlich. Wurde vor drei Monaten zu einer Geldstrafe verurteilt. Soviel ich gehört habe, liegt er momentan im Krankenhaus in Weiden, Verkehrsunfall.«

»Mist!«, entfährt es mir.

»Ja, ja. Das ist trist«, sagt die Stimme mitleidsvoll.

Ich lege auf und mache ein langes Gesicht. Eine heiße Spur ist im Sand verlaufen.

Hauser amüsiert sich über meine Verärgerung. »Ach, der Herr führt seine eigenen Ermittlungen!«

»Scheißdreck!«

»Hoho! Immer mit der Ruhe. Sei doch kein so schlechter Verlierer.«

»Verdammt und zugenäht!«

Der Chef kommt wieder zur Tür herein und wischt sich den Schweiß von der Stirn. Er sieht erschöpft aus.»Keinen Ton sagt der Kerl!«

»Scheißdreck!«

»Wie bitte?«

»Ach, nichts!«

Hauser kichert vor sich hin. Er kann es sich nicht verkneifen, Helbich brühwarm vom Scheitern meiner Theorie zu erzählen.

»Hörr Spichtingör föhrt seine eigönön Ermittlungön.«

Der Chef lässt herablassend ein schielendes Auge auf mir ruhen. »Sieh an. Unser Spichtinger. Da habe ich doch eine Aufgabe für Sie, die Ihren Fähigkeiten entsprechen dürfte.

Machen Sie doch mal einen Abstecher in den Keller zu Ernst Liebling. Herr Völkl hat ihn wieder runtergebracht. Und kommen Sie mir erst wieder unter die Augen, wenn er gestanden hat! Versuchen Sie es doch mit Ihrem Steckenpferd, der Psychologie. Das klappt bestimmt.«

Er lässt sich tief seufzend auf einen der beiden Bürosessel fallen.

Zum ersten Mal werde ich Ernst Liebling persönlich treffen. Zum ersten Mal werde ich der Person in die Augen sehen, die vielleicht drei Morde begangen hat. Helbichs Hinweis auf meine psychologischen Fähigkeiten gibt mir Mut, wobei ich mir nicht ganz sicher bin, ob er mich nicht auf den Arm nehmen wollte. Die Zelle, in der Liebling untergebracht ist, misst ungefähr drei Quadratmeter. Links ist eine schmale Pritsche direkt an der Wand angebracht, ein gusseisernes Waschbecken und eine Toilette vervollkommnen die spartanische Einrichtung. Ich blicke durch die graue Gittertür. Der bärtige, ältere Mann sitzt mit gesengtem Kopf auf der schmalen Pritsche. Von der rebellischen Haltung bei der Tennishalle ist nichts mehr zu spüren.

»Herr Liebling?«

Keine Regung.

»Darf ich Ihnen eine Zigarette anbieten?« (Ich selbst bin Nichtraucher, aber in den Polizeikursen hat man uns gelehrt, dass solch eine Geste Sympathie bei der befragten Person hervorrufen kann.)

Er streckt die Hand aus und versucht, eine Zigarette aus dem Päckchen zu ziehen, das ich ihm durch das Gitter reiche. Aber es gelingt ihm nicht. Seine Hand zittert wie Espenlaub, er krümmt die Finger, wird noch nervöser, schluchzt leise und senkt den Blick, um mir nicht in die Augen sehen zu müssen. Ich nehme eine Zigarette und gebe sie ihm. Als ich ihm das Feuerzeug hinhalte, hebt er den Kopf, und ich sehe sein Gesicht: verweint und voller Trauer. Seine Unterlippe zittert.

»Sie wissen, warum Sie hier sitzen, nehme ich an?«

»Wenn ich denjenigen erwische, der das getan hat, mache ich kurzen Prozess mit ihm! Ich leg ihn um! Ein Portion Schrot mitten ins Gesicht! Ich leg ihn um!«

»Wen wollen Sie umlegen, Herr Liebling?«

Er schaut mich überrascht an: »Na, den, der meine kleine Maus niedergemetzelt hat.«

»Was? Die Lisa?« (Vorhin klang das aber ganz anders.)

»Lisa? Ach so, ja, ja, die auch. Ich spreche von Julia.«

»Ihre Ex-Frau?«

»Julia ist meine Frau. Wir sind immer noch verheiratet, auch wenn manch einer was anderes behauptet. Und jemand hat sie eiskalt niedergeschlagen. Wenn ich den erwische ... und ich kann nicht mal bei ihr sein ...«

Der Rest des Satzes geht in einem Schluchzer unter. Er wischt sich mit seinen schmutzigen Hemdärmeln die Tränen aus den Augen. »Da lebt man vierundfünfzig Jahre, nur um vor dem Nichts zu stehen, vierundfünfzig Jahre für nichts ...«

Ich mustere ihn genauer. Liebling ist nicht sehr groß, sein Rücken ist gekrümmt, und er hat eingefallene, faltige Wangen. Bei näherem Hinsehen würde ich ihn deutlich älter schätzen. Aber seine Gesichtszüge haben etwas Stolzes, beinahe Majestätisches. Man merkt diesem Mann an, dass er für feste Prinzipien steht. Und die Ehe scheint eines davon zu sein.

»Herr Liebling, wo waren Sie in der Nacht auf heute?«

»Gestern Nacht?«

»Ja.«

»Ich war bei mir.«

»In Ihrer Hütte am Waldrand?«

»Ja. Eigentlich habe ich ein Haus im Dorf. Julia wohnt

dort mit den Kindern. Aber die Leute versuchen seit Langem, mich aus dem Dorf zu ekeln.«

»Wer versucht, Sie aus dem Dorf zu ekeln?«

»Der Bürgermeister, der Pfarrer und alle anderen. Nur weil ich einmal einen dieser Gigolos bedroht habe, die um Julia herumschwänzeln. Sogar mein Gewehr haben sie mir genommen!«

»Sie haben jemanden mit Ihrem Gewehr bedroht?«

»Was würden Sie denn machen, wenn Sie merken, dass jemand hinter Ihrer Frau her ist? Das war reine Notwehr! Ich hatte den Braten schon seit Langem gerochen. Der Kerl ist ab wie der Teufel, hat sich fast in die Hosen gemacht.«

»Wollten Sie ihn umbringen?«

»Wen?«

»Den … den Mann, der hinter Ihrer Frau her ist.«

»Ich wollte ihm vor allem ein wenig Angst einjagen. Aber wenn er nicht davongelaufen wäre, ich glaube, ich hätte ihm gut und gerne eins draufbrennen können.«

»Wie heißt er?«

Er blickt auf. »Wieso wollen Sie das wissen?«

»Ich stelle hier die Fragen. Wir ermitteln in einer Mordsache, und Sie sagen mir, dass Sie vor Kurzem jemanden mit einer Waffe bedroht haben. Da ist es doch logisch, dass ich wissen will, wen. Oder?«

»Ja, ja«, antwortet er mürrisch.

»Also?«

»Der Mann heißt Emil Luba.«

»Der Vater des Metzgers in Schönsee?«

»Ja. Aber das will nichts heißen. Dass er Vater ist, meine ich. Der Luba ist andersrum, Sie wissen schon, was ich meine. Vor dreißig Jahren hat er reich in die Familie des Dorfmetzgers eingeheiratet. Als der Alte gestorben ist, hat er die Metzgerei übernommen. Das war der einzige Grund für seine Hochzeit. Allein wegen dem Geld. Recht viel konnte er da nicht falsch machen. Die nächste Metzgerei war zwanzig Kilometer entfernt. Trotzdem hat er kein besonderes Geschäft gemacht. Und jetzt haben noch zwei andere Metzgereien im Ort aufgemacht. Da hat er vor drei Jahren beschlossen, sich zurückzuziehen, und im selben Augenblick hat er dann gleich seine Frau sitzen gelassen.«

»Aber wieso war er dann hinter Ihrer Frau her?«

»Weil sie ein hübsches Bankkonto hat. Und ein saftiges Erbe. Aber ich hab ihm diese Gedanken ausgetrieben. Julia glaubt mir nicht, dass der Kerl nur an ihr Geld will. Meine kleine Julia.« Erneuter Tränenausbruch.

»Glauben Sie, dass er Ihrer Frau etwas hätte antun können?«

»Luba? Die kleine Schwuchtel? Niemals! Viel zu feige.«

»Wer käme Ihrer Meinung nach sonst noch als Täter infrage?« Was tue ich hier eigentlich? Ich sollte den Mann doch über sein eigenes Motiv vernehmen, stattdessen frage ich ihn beinahe, ob er mir helfen kann.

Er blickt stur vor sich hin auf den Boden. Dann dreht er langsam seinen Kopf und blickt mir gerade in die Augen. Ich nehme ein Glimmen in den blauen Pupillen wahr. »Sie sollten sich mal näher mit dem Haberl Resi, dem sogenannten Baron, unterhalten. Aber der steht natürlich über allen Dingen, über der Polizei, über jeglicher Gerechtigkeit. Diese alte Kröte ist auch scharf auf die Kleine.«

»Was? Er war scharf auf Lisa?«

»Nein, nein, verdammt noch mal. Ich spreche von Julia. Dieser Fettwanst schwimmt im Geld, und das imponiert den Frauen. Selbst Julia gerät da in Versuchung.«

»Danke für den Hinweis. Ich werde ...«

Weiter komme ich nicht. Helbich kommt im Laufschritt die Treppe herab und ruft mir zu: »Spichtinger! Programmänderung! Wir fahren ins Krankenhaus!«

Liebling springt auf. »Haben Sie Neuigkeiten von Julia? Wie geht es ihr? Wann kann ich zu ihr?« Seine Stimme überschlägt sich vor Verzweiflung.

»Sie bleiben hier bis Sie endlich den Mund aufmachen!« Ohne jede weitere Auskunft marschiert der Chef weiter zur Garage.

Ich werfe Ernst Liebling einen letzten Blick zu, ehe ich Helbich folge. Der Arme! Ich bin fast vollständig von seiner Unschuld überzeugt. Aber da bin ich wohl der Einzige.

Auf der Fahrt zum Krankenhaus setzt mich Helbich ins Bild. Julia Liebling ist weiterhin bewusstlos, und die Ärzte glauben nicht, dass sie die Nacht überleben wird. Noch ist sie aber nicht tot, und es ist durchaus möglich, dass sie überlebt oder vor dem Ableben noch einmal kurz aufwacht und Angaben zum Angreifer macht. Dann macht er seiner Wut über Ernst Liebling Luft: »Herrgott, verdammt noch mal! Verflixter Hurensohn! Hund, elendiger! Ich werde ihm zeigen, wo's langgeht! Und ihr Idiotenbande, ihr könnt mich meinetwegen bei Amnesty International verpfeifen oder beim Europäischen Gerichtshof für Menschenrechte oder beim Innenminister ... ich werde ihn vierteilen, wenn's nötig ist, diesen Ernst, und ...«

»Wir haben keine stichhaltigen Beweise, dass er es war«, wage ich einzuwenden.

»Ach, und was ist mit dem Messer, das wir hinter seiner Hütte gefunden haben? Was ist mit seinem unverschämten Verhalten bei der Tennishalle, seinem allgemeinen Hang zur Gewalttätigkeit? Mein lieber Spichtinger, Sie lesen zu viele Krimis. Die Wirklichkeit ist zumeist viel einfacher gestrickt als irgendwelche komplizierten Intrigen. Schauen Sie doch den Tatsachen ins Gesicht, dann müssen Sie zugeben, dass Liebling der Täter sein muss. Und er wird gestehen, das schwöre ich Ihnen. Halt! Hier geht's links rein.«

Ups! Beinahe wäre ich an der Auffahrt zum Krankenhaus vorbeigefahren. Sie ist von der Teunzer Straße aus auch kaum zu sehen. Der Parkplatz ist fast leer, ein gutes Zeichen: Es scheint nur wenige Patienten zu geben.

Wir gehen zum Eingang. Rechts von uns liegt das lange, flache Hauptgebäude. »Gynäkologie« und »HNO« steht mit Großbuchstaben auf einem Schild. Hinter dem schmalen Eingangsgebäude vor uns erhebt sich ein weiterer Gebäudekomplex, der an ein Hochhaus in einem Pariser Vorort erinnert.

Wir gehen zum Schalter. Niemand da. Helbich schaut sich suchend um, während ich eine kleine Beschreibung des Krankenhauses lese, die am Schaltertisch ausliegt.

Die Wiederherstellung Ihrer Gesundheit sowie Ihr persönliches Wohlbefinden sind für uns eine besondere Verpflichtung. Unsere Ärzte, Mitarbeiterinnen und Mitarbeiter in der Pflege und in allen anderen Bereichen werden alles tun, um Ihren Aufenthalt bei uns so angenehm wie möglich zu gestalten. Können und modernste Kenntnisse unserer Beschäftigten kommen Ihnen als Patient dabei zugute, und dadurch hoffen wir, zu Ihrer baldigen Genesung beizutragen.

Zur medizinischen und pflegerischen Betreuung unserer Patienten bieten wir 171 Betten (davon 50 in unserer Abteilung für Geriatrische Rehabilitation) in ansprechenden Ein- und Zweibettzimmern mit jeweils eigenem Sanitär-

bereich an. Für schwerstkranke Patienten steht unsere mit modernsten medizinischen Geräten ausgestattete Intensivabteilung (vier Plätze) zur Verfügung.

Geriatrische Rehabilitation? Noch nie gehört. Was ist denn das?

Helbich nähert sich kopfschüttelnd. »Das gibt's doch nicht! Kein Schwein am Empfang!«, sagt er dröhnend laut. Da erklingt ein deutlich vernehmbares Papierrascheln im Nebenraum hinter dem Schalter, und eine ältere Dame mit Hornbrille eilt herbei. Sie wirkt jedoch nicht im Geringsten eingeschüchtert.

»Ja?«

»Hauptkommissar Helbich und Kommissar Spichtinger«, stellt uns Helbich vor. »Wir kommen wegen der eingelieferten Schönseerin. Julia Liebling.«

»Die liegt auf der Intensivstation. Darf nicht gestört werden«, erwidert die Dame kurz angebunden und macht Anstalten, wieder in den Nebenraum zurückzukehren.

»Könnten Sie uns nicht wenigstens den verantwortlichen Arzt schicken?«, fragt Helbich mit vor Zorn bebender Stimme. Er ist sichtlich am Ende seiner Nerven.

»Hm, ja. Vielleicht. Ich rufe kurz auf der Intensivabteilung an und frage, ob der Dr. Petrovic Zeit hat, Sie zu empfangen.«

Sie nimmt den Hörer ab, wählt eine kurze Nummer und wartet.

»Dr. Petrovic? Ja, hier Sollfrank vom Empfang. (Sie artikuliert sehr langsam und deutlich.) Zwei Herren von der Polizei sind da, die würden gern bei Ihnen vorsprechen ... nein, nein, Sie haben nichts verbrochen. Vorsprechen, sagte ich, vorsprechen. Wegen der Dame aus Schönsee ... ja, gut.«

Sie legt auf. »Dr. Petrovic kommt gleich.«

»Danke«, antwortet Helbich. Die Empfangsdame verschwindet wieder in ihrem Büro.

Wir warten ungeduldig auf den Arzt, dessen Deutschkenntnisse anscheinend zu wünschen übrig lassen. Mein Blick fällt wieder auf die Krankenhausbeschreibung.

»Wissen Sie eigentlich was geriatrische Rehabilitation ist, Chef?«

Helbich zuckt mit den Achseln. »Irgendwas für die Alten.«

»Geriatrische Rehabilitation«, ertönt eine tiefe Stimme mit leichtem fremdländischen Akzent hinter mir, »ist eine spezialisierte Rehabilitation für ältere Patienten, die Multimorbidität berücksichtigt. Ziel ist dabei, die Wiederherstellung der individuellen Selbstständigkeit und die Vermeidung von Pflegebedürftigkeit nach einer schweren Erkrankung.«

Ich nicke und tue so, als hätte ich verstanden. Vor uns steht ein kleiner, drahtiger Mann von etwa fünfzig Jahren. Schnurbart, graues kurzes Haar, osteuropäisches Aussehen.

»Dr. Petrovic. Freut mich, Sie kennenzulernen.« Er streckt freundlich lächelnd die Hand aus.

»Helbich, Hauptkommissar. Das ist mein Kollege, Kommissar Spichtinger. Wir würden gern Genaueres über Julia Lieblings Zustand erfahren.«

»Bitte, kommen Sie. Wir setzen uns hierhin.« Er weist uns den Weg zu einer kleinen Tischgruppe im Empfangsbereich. Wir setzen uns.

»Frau Liebling hat ein schweres Schädelhirntrauma nach einem Schlag mit einem dumpfen Gegenstand auf ihren Hinterkopf erlitten. Wir haben hier recht gute neurotraumatologische Versorgungsmöglichkeiten, konnten eine CT-

Diagnostik durchführen und haben den erhöhten intrakraniellen Druck durch eine Trepanation und Barbiturate reduziert. Frau Liebling steht momentan unter künstlicher Beatmung.« Der Arzt macht eine kurze Pause. »Das Schädelhirntrauma haben wir mehr oder weniger im Griff, durch die starke Unterkühlung nach mehreren Stunden in der Kälte ist ihr Zustand jedoch sehr kritisch. Sie schwebt in Lebensgefahr.«

»Einer Ihrer Kollegen meinte, dass sie vielleicht wieder aufwachen könnte. Was glauben Sie?«, fragt Helbich, der wie ich von der Kompetenz des Arztes überrascht zu sein scheint.

»Welcher Kollege? Es ist in der Tat eventuell möglich, dass sie in den nächsten Tagen oder Stunden kurz zu sich kommt. Aber es ist sehr unwahrscheinlich. Ihre Verletzungen sind zu schwer. Ich bin sehr skeptisch, was ihre Überlebenschancen angeht. Wir tun, was wir können, aber ich glaube nicht, dass sie diese Nacht überleben wird.« Dr. Petrovic schlägt mit den Handflächen auf seine Oberschenkel und erhebt sich.

»Ich halte Sie über alles Weitere auf dem Laufenden. Haben Sie eine Telefonnummer, unter der ich Sie direkt erreichen kann?«

»Ja, sicher.« Helbich reicht ihm seine Karte.

»Gut, falls sich etwas tut, gut wie schlecht, rufe ich Sie an.« Der Arzt verabschiedet sich und rauscht davon.

Helbich blickt ihm anerkennend nach. »Na, es gibt doch Lichtblicke am Horizont. Ein kompetenter Arzt in Oberviechtach. Was mag den hierher getrieben haben?« Er blickt zur Uhr. »Schon sechzehn Uhr. Zeit für einen kleinen Snack. Kommen Sie, Spichtinger.«

Zurück zur Polizeiinspektion. Ich lasse Helbich aussteigen, ehe ich die Einfahrt zur Garage hinunterrolle. Er will sich einen Döner am Stand gegenüber der Sparkasse holen. Allein der Gedanke an einen Döner verursacht bei mir schon Übelkeitsgefühle. All diese Fleischreste, zermahlenen Knochen, ekelhaften Fettstückchen, die auf einen Metallstiel gepresst und dann vor einer elektrischen Flamme gebraten werden. Wer weiß, wie viele Bakterien und welch ein Ungeziefer in diesem Fleischpapp stecken. Igitt! Und dann dieser Geruch. Ich schüttle mich vor Ekel.

Im Gesellschaftsraum wartet mein Rucksack auf mich, in dem ich meine selbst bestrichenen Brote und meinen Salat aufbewahre. In der ganzen Aufregung heute morgen habe ich gar nicht daran gedacht, ihn mit nach Schönsee zu nehmen.

Ich lasse mich schwer auf die Holzbank fallen und packe meine Alufolien aus. Hm, leckerer Obatzter. Selbst zubereitet in der Früh vor der Arbeit. Länger als einen Tag darf man ihn nicht stehen lassen, sonst fangen die Zwiebeln an, bitter zu werden. Man sagt ja immer, das Auge isst mit. Beim Obatzten drückt aber sogar das Auge ein Auge zu. Recht hübsch ist er ja wirklich nicht anzusehen, und die Zutaten sind auch nicht besonders appetitlich – in erster Linie alter, fast schon vergammelter Weichkäse, der schon so stinkt, dass man ihn nicht mehr offen im Kühlschrank stehen lassen kann –, aber der Geschmack lässt einen das sofort vergessen. Diese Mischung aus Paprika, Kümmel, Knoblauch, Zwiebel und dem starken Aroma eines zermanschten alten Camemberts ist einfach himmlisch. Noch dazu garantiert mir der Obatzte eine wundervolle Ruhe im Gesellschaftsraum. Außer dem Mich hassen meine Kollegen den Geruch dieser Käsemischung und verzichten lieber auf eine Brotzeit in meiner Gesellschaft.

So auch heute. In Gedanken versunken, verzehre ich mein dick mit Obatzter bestrichenes Brot. Welche Personen sind in Schönsee bisher in Erscheinung getreten? Der Bürgermeister Schmidt, Freund des Landrats, engagierter Politiker. Angeblich ein Weiberheld, auch wenn er nicht danach aussieht. Kannte die beiden Mordopfer gut. Aber wieso sollte er Julia Liebling niederschlagen? Oder andere Frage: Gibt es überhaupt einen Zusammenhang zwischen dem Angriff auf die Frau des Dorfnarren und den beiden Morden? Martin Rötlich konnte ich inzwischen ausschließen. Blieben noch der Fußballtrainer Karl Forster, den Frau Winter angeblich gern in ihrem Bett gesehen hätte, der allgegenwärtige Baron »Resi« Haberl und der schwule Ex-Metzger Emil Luba. Ein heiteres Völkchen, diese Schönseer!

Wo soll ich anfangen? Am besten wohl beim Baron. Aber einfach so kann ich da nicht aufkreuzen. Ich werde den Chef mal fragen, was er dazu meint.

Just da schnauft Helbich ins Zimmer herein. »Spichtinger! Sie schon wieder mit Ihrem Obatzten. Können Sie Ihre Leidenschaft für verschimmelten Käse nicht irgendwo anders ausleben?«

Sie müssen reden! Ihr Dönergestank versaut einem ja den schönsten Käsegenuss! würde ich am liebsten entgegnen, aber das wage ich denn doch nicht.

»Chef, ich würde nachher gern noch einmal nach Schönsee fahren und ein bisschen mit dem Bürgermeister und dem Baron sprechen. Was meinen Sie dazu?«

»Baron? Den Haberl, meinen Sie? Da komm ich besser mit. Das machen wir morgen früh. Aber Sie können uns ja schon mal telefonisch anmelden. Und was wollen Sie denn noch vom Bürgermeister Schmidt?«

»Ach, nichts Besonderes. Ich denke mir nur, dass er die Stadt bestimmt sehr gut kennt und uns vielleicht mit seinen Auskünften behilflich sein könnte …«

Helbich denkt nach. »Ja, warum nicht? Aber denken Sie an eins, Spichtinger. Fingerspitzengefühl! Ich kenne Ihren Hang zur Dramatik. Lassen Sie sich nicht zu unüberlegten Äußerungen und Vermutungen hinreißen.«

Ich erröte leicht. Seit wann kann Helbich Gedanken lesen? Wie kann er ahnen, dass ich dem Schmidt ein wenig auf dem Zahn fühlen möchte? Zunächst aber gehe ich nach nebenan in den Vorraum, um die Telefonnummer des Barons herauszusuchen.

Hab ihn. Haberl, Johannes. Vierzehn-Nothelfer-Weg 7.

»Haberl?«

»Spreche ich mit Herrn Johannes Haberl?«

»Wer ist am Apparat?«

»Spichtinger, Polizeiinspektion Oberviechtach.«

»Ah, guten Tag, Herr Hauptkommissar. Ich bin Herr Haberl.«

»Guten Tag, Herr Haberl. Sehr erfreut. Ich bin allerdings nur Kommissar. Kommissar Spichtinger. Ein Mitarbeiter von Hauptkommissar Helbich.«

Ich fühle (mein Gefühl lässt mich nie im Stich), dass er beleidigt ist. Er hat offensichtlich mindestens mit dem Hauptkommissar gerechnet.

»Wir ermitteln in den kürzlich vorgekommenen Mordfällen in Schönsee. Ich würde mich freuen, wenn Sie mir und meinem Chef morgen Vormittag ein paar Minuten zu einem persönlichen Gespräch geben würden.«

»Ich stehe Ihnen selbstverständlich zur Verfügung, Kommissar Spichtinger. Ich habe Ihren Anruf bereits erwartet. Der Landrat hat mich umgehend von den Morden unterrichtet, und ich würde gern mehr dazu aus dem Munde eines Polizisten erfahren. Furchtbare Sache! Passt Ihnen morgen früh um zehn Uhr?«

»Perfekt. Bis morgen dann.«

Der Baron hat eine angenehme Stimme und wirkt ernsthaft besorgt. Nur nicht einwickeln lassen! Das ist alles Strategie. Mit dieser Taktik will er mich nur auf seine Seite ziehen. Aber der Kerl soll sich vorsehen. Ich, Max Spichtinger, bin nicht so leicht zu beeindrucken. Ich werde ihm morgen Vormittag ordentlich auf den Pelz rücken. Obwohl … Helbich ist dabei, also mal sehen.

Mein nächster Anruf gilt dem Schönseer Rathaus. Bürgermeister Schmidt ist noch auf seinem Posten und gern bereit, mich in einer halben Stunde bei sich zu Hause zu empfangen. Er beschreibt mir den Weg. Ich verabschiede mich von meinen Kollegen und düse los.

Das Haus des Bürgermeisters liegt nur wenige hundert Meter vom Rathaus entfernt. Wenn man es sich genauer überlegt, dann liegen in Schönsee eigentlich alle Häuser nur wenige hundert Meter vom Rathaus entfernt. Erstaunlich, dass solch ein Nest überhaupt einen Bürgermeister hat. Geschweige denn die Stadtrechte. Ein weitläufiger, gepflegter Garten umgibt das zweistöckige Gebäude, das eher an die Villa eines reichen Millionärs als an das Haus des Bürgermeisters eines kleinen bayerischen Dorfes erinnert. Eine breite Auffahrt führt zur riesigen Doppelgarage, vor der das neueste Modell eines Mercedes Kombi geparkt ist.

Auf mein Klingeln hin wird die Eingangstür von einer unscheinbaren, kleinen Frau geöffnet, die mich mit einer schüchternen Geste in den Salon bittet. Frau Schmidt?

Der Bürgermeister erwartet mich bereits. Nach außen hin gibt er sich ruhig und ernst, aber ich fühle, dass er nervös ist. »Darf ich Ihnen ein Glas Bier anbieten, Herr Kommissar?«

»Mit dem größten Vergnügen, Herr Bürgermeister!«

Wir prosten uns zu.

»Sehen Sie, Herr Kommissar (Wie oft will er meinen Titel noch wiederholen?), ich bin Bürgermeister seit knapp dreißig Jahren, mein Vater war schon Bürgermeister, ich kenne die Leute hier und weiß genau, was los ist: Es passt allen, dass der Ernst beschuldigt wird.«

Ich nicke erstaunt. So viel Scharfsinn und Umsicht habe ich ihm nicht zugetraut.

»Dieser Junge ist ein Hitzkopf, ein Exzentriker, sagt man, nicht wahr, ein Außenseiter. Er regt sich schnell wegen nix auf. Ich war sogar gezwungen, ihm vor einigen Wochen sein Gewehr beschlagnahmen zu lassen. Aber ich kenne ihn gut. Im Grunde kann der Ernst eigentlich keiner Fliege was zuleide tun.«

»Hm, ja. Aber man hat doch immerhin die Tatwaffe in den Büschen hinter seiner Hütte entdeckt. Das spricht klar gegen ihn.«

»Jeder kann das Messer dorthin gelegt haben. Wenn ich der Mörder gewesen wäre, dann hätte ich das Messer auch dahin geschmissen, um den Ernst verdächtig zu machen.«

»Und? Sind Sie der Mörder?«, frage ich halb im Scherz, halb im Ernst.

»Haha! Sie sind mir ja ein Lustiger.« Schmidt lacht, fügt aber sogleich hinzu, als er mein ernstes Gesicht sieht: »Natürlich nicht. Ich sagte ja nur, wenn ...«

»Sie würden einen ausgezeichneten Polizisten abgeben, Herr Bürgermeister. Man lernt auf der Polizeischule, dass man sich in die Haut des Täters versetzen soll, um zu verstehen, wie und wieso er gehandelt hat.«

»Ja, ich hab daran gedacht. Wenn ich hätte studieren können ..., aber es ist anders gekommen, und man muss das Leben nehmen, wie es kommt, nicht wahr?«

»Das Messer wurde heute Nachmittag zur Untersuchung nach Amberg gebracht. Vielleicht erfahren wir ja Neues. Der Täter hat vielleicht Fingerspuren hinterlassen.«

»Wir wollen es hoffen! Wir wollen es hoffen!«

Ich merke, dass er mir etwas zu sagen hat. Aber irgendwie scheint er keinen richtigen Anfang zu finden. Er rutscht auf seinem Stuhl hin und her, schenkt mir noch ein Bier ein, räuspert sich und kommt endlich zur Sache:

»Ich habe vor Kurzem Dinge erfahren, die sie wissen sollten. Es handelt sich um, wie soll ich sagen …, vertrauliche Informationen. Ich muss Sie bitten, nicht verlauten zu lassen, dass ich Ihnen erzählt habe, was ich Ihnen jetzt erzähle. Verstehen Sie, was ich meine?«

Ich nicke.

»Ich halte es für meine Pflicht als Mitmensch und als Bürgermeister, Ihnen zu sagen, dass … also, äh, das betrifft den Trainer der Fußballmannschaft.«

Wer hätte das gedacht!

Ich krame in meiner Jackentasche, bis ich das Stück Papier finde, auf dem ich die Ergebnisse meiner vormittäglichen Ermittlungen notiert habe.

»Karl Forster, oder?«

»Genau!«

Der Bürgermeister hat seine Sicherheit wiedergefunden. Hat er das aufkommende Interesse in meinen Augen gelesen?

»Er kommt aus Oberviechtach, wenn ich richtig informiert bin?«

»Sie sind gut informiert. Seit drei Monaten trainiert er die Herrenmannschaft bei uns im Ort. Ein reines Chaos, sag ich Ihnen. Ich gebe ja zu, wir haben kein großes Budget, und die Spieler sind auch nicht die Crème de la Crème, aber ein Minimum an Disziplin und Training darf man doch wohl noch erwarten. Der Forster Karl ist komplett unfähig. Aber keiner will mir glauben. Dabei würden wir glatt absteigen, wenn wir nicht ohnehin schon in der A-Klasse spielen würden. Vor zwei Wochen hat die Mannschaft gegen die Reserve von Pertolzhofen verloren, können Sie sich das vorstellen? Ein Skandal! Aber das ist noch lange nicht das Schlimmste!«

»Ach ja?«

»Der Karl ist ein feiger Saboteur. Ich bin seit über zwanzig Jahren erster Vorsitzender vom Fußballverein. Noch nie hat es Ärger gegeben. Seit er da ist, versucht er, mich aus meiner Stellung zu vertreiben. Und die Spieler verstehen nicht, dass er sie am laufenden Band manipuliert. Der hetzt die ganze Mannschaft gegen mich auf. Und das beschränkt sich nicht nur auf den Sport. Jede Woche kommt er ins Rathaus und kontrolliert die Protokolle von der Stadtratssitzung. Als ob wir im Dorf nicht sauber und ehrlich arbeiten würden. Bei der letzten Wahl vor vier Monaten wollte er sogar die Wahlzettel noch mal nachzählen. Das ist eine Beleidigung. Eine Riesenbeleidigung! Und mir ist zu Ohren gekommen, dass er beim Training Politik macht und schlecht über mich spricht. Das ähnelt quasi einer Kriegserklärung, sag ich Ihnen! So was hab ich in meinen dreißig Jahren Amtszeit noch nie erlebt.«

»Ja, ja, das ist bedenklich.«

»Wissen Sie, was er behauptet?« Die Stimme des Bürgermeisters schnappt über, so sehr erregt er sich.

»Äh, nein … was denn?«

»Dieser … dieser Kerl behauptet, die Stadtgemeinde sei unzufrieden. Unzufrieden! Unter uns, es gibt immer unzufriedene Büffel in einer Stadt, das ist so, aber dieser notorische Nörgler erlaubt es sich, meine Arbeit als Bürgermeister durch den Dreck zu ziehen. Und das Höchste ist ja, dass er überall verbreitet, ich sei der Kirche abgeneigt. Können Sie sich so was vorstellen?«

Ich schüttle verwirrt den Kopf.

»In meiner ganzen Amtszeit habe ich in hervorragendem Einverständnis mit dem Pfarrer gearbeitet. Da lass ich mir von so einem dahergelaufenen Burschen nicht dreinreden. Und all das nur, weil ich mich geweigert habe, die neue Orgel voll zu finanzieren.«

»Die neue Orgel?«

»Ja. Ein Prachtstück. Die müssen Sie sich auf jeden Fall einmal anschauen. Und der Klang erst! Und der Forster Karl – ich meine, er wohnt ja nicht mal in Schönsee, was geht ihn das überhaupt an?! – behauptet, ich hätte das Projekt boykottiert. Nur weil ich nicht das gesamte Geld der Stadt in die Kirchenorgel stecken wollte. Hätte ich etwa lieber den neuen Kindergarten sausen lassen sollen, damit der Herr seine sanften Orgelklänge ein paar Monate früher hört? Was zählt, ist doch das Resultat, und die Orgel steht. Landrat Winter hat uns Mittel aus dem Landkreis bereitgestellt. Und da wagt dieser Forster zu behaupten, ich sei ein unchristlicher Heide, der den katholischen Glauben in der Gemeinde aufs Spiel setzt. Da hört sich doch der Spaß auf!«

»Können Sie sich dagegen nicht wehren?«

»Natürlich! Aber der Kerl nutzt jede Gelegenheit, um Stimmung gegen mich zu machen. Sogar in den Wirtshäusern. Aber eines Tages krieg ich den Burschen, und dann darf er blechen wegen infamer Beleidigung. Ich hab genug Zeugen und ausreichend Beziehungen.«

Sein Gesicht wird knallrot. Er redet sich in Rage. »Hm, das nur so am Rande, damit Sie wissen, was für einer das ist. Aber jetzt zu dem, was ich Ihnen mitteilen wollte.« Der Bürgermeister verzieht kurz das Gesicht und räuspert sich. Was er sagen will, ist anscheinend nicht leicht zu formulieren. »Ich habe, weil mir der Karl sehr suspekt vorgekommen ist …, ein paar Nachforschungen angestellt … und da hab ich schlimme Sachen entdeckt, schlimme Sachen …« Er senkt die Stimme und sieht mich verschwörerisch an.

Ich beschließe, das Spiel mitzuspielen. »Welche schlimmen Sachen?«

»Als er siebzehn war, hat er im Kittchen gesessen. Wegen Verdacht auf Vergewaltigung. Ich habe schon immer gewusst, dass er was zu verbergen hat, aber so was … also nein, da wäre ich im Traum nicht draufgekommen … Und jetzt, wo doch die Lisl vergewaltigt worden ist. Sie verstehen, was ich meine, nicht wahr? Das kann doch kein Zufall sein.«

Ich nicke zögerlich. »Sie sagten, Verdacht auf Vergewaltigung? Wurde er denn verurteilt?«

»Das nicht. Der Bursche ist ein Meister der Rhetorik, das muss man ihm lassen. Er hat sich natürlich rausreden können. Weil reden, des kann er, der Karl. Und jetzt, zwanzig Jahre später, hat er wahrscheinlich geglaubt, dass die ganze Geschichte vergessen ist.«

Die Beschuldigungen des Bürgermeisters gehen mir ein bisschen zu weit. Ich frage: »Hat es denn im Dorf Klagen über Belästigungen seinerseits gegeben?«

»Nein, noch nicht …«

Das hätte ihm sicher gut gepasst!

»Aber Sie sollten wissen, dass er die Lisl schon länger im Visier gehabt hat.

»Er hatte sie im Visier?«

»Nach dem Fußballtraining haben die zwei sich regelmäßig getroffen. Sie sind auch mehrmals hinter der Tennishalle gesehen worden. Nicht weit von der Stelle entfernt, wo man die Lisl gefunden hat.«

»Wussten Lisas Eltern von dieser Beziehung?«

»Keine Ahnung. Ich glaub's eher nicht, sonst hätten die bestimmt eingegriffen. Er war ja viel älter als sie. Ein Lüstling halt. Ich hab vorgehabt, Lisas Eltern von der Sache zu erzählen. Aber da bin ich zu spät gekommen ... vielleicht hätte ich den Mord verhindern können, wenn ich früher Bescheid gesagt hätte ...« Der Bürgermeister schüttelt betrübt den Kopf.

»Sie kümmern sich ja nahezu rührend um die Bürger Ihrer Stadt. Sie achten sogar auf das Liebesleben jedes einzelnen Einwohners!«

»Aber stellen Sie sich doch mal vor, Ihre Tochter geht mit einem Mann aus. Da haben Sie doch auch ein Recht zu wissen, dass es sich um einen Vergewaltiger handelt.«

Ich kann nicht dulden, dass er Karl Forster als Vergewaltiger bezeichnet. Das geht denn doch zu weit. »Also, Herr Bürgermeister, übertreiben Sie da nicht ein bisschen? Es ist nicht gesagt, dass Karl Forster ein Vergewaltiger ist, nur weil er ...«

»Ach was! Schauen Sie doch, was passiert ist. Das ist Beweis genug!«

»Was wollen Sie damit sagen?«

»Hören Sie ... die Lisl ist schließlich vergewaltigt worden. Und die Anna Winter ist ausgeraubt und dann ermordet worden ... wenn man dabei bedenkt, dass der Karl ein scharfer politischer Gegner vom Landrat Winter war, ein Sozi, ein elendiger ...«

»Und Frau Liebling?«

»Sie hat ihn vielleicht dabei gesehen, wie er der Lisl auflauert.«

»Aber Lisa wurde hinter der Tennishalle gefunden und Julia Liebling am Bach!«

»Wahrscheinlich hat er die Jule in eine Falle gelockt.«

Langsam nervt mich dieser verhinderte Polizist. Ich vergesse jegliche Vorsicht und stelle die hinterlistige Frage: »Haben Sie sich selbst nicht auch intensiv um Lisa Kühner gekümmert, Herr Bürgermeister?«

Er zuckt zusammen und wird rot, schweinchenrot. Bürgermeister Schmidt ist überrascht von meinem Wissen und meiner Unverschämtheit. »Gekümmert, ge-, ge-, gekümmert, wie gekümmert?«, stammelt er.

Er hat sämtliche Selbstsicherheit verloren und rutscht nervös in seinem Sessel hin und her. Das Gespräch fängt an, mir Spaß zu machen. »Tja, ich frage nur … Angeblich haben Sie sich darum bemüht, ihr eine Stelle zu verschaffen. Sie sind deshalb öfter mit ihr nach Weiden gefahren, oder?«

Schmidt gewinnt einen Teil seiner Kaltblütigkeit zurück: »Das stimmt, aber das ist schließlich Teil meiner Aufgaben. Die jungen Leute im Dorf haben schlechte Zukunfts- und Berufsaussichten, es ist klar, dass ich da versuche, ihnen zu helfen.«

»Lisa war ein hübsches Mädchen, glaube ich«, füge ich noch unverschämter werdend hinzu.

»Ja, ja, das war ein fesches Mädel. Derjenige, der das gemacht hat, darf nicht entkommen.«

Ich erhebe mich, ohne seine Aufforderung abzuwarten, und bemühe mich um eine möglichst ausdruckslose Miene: ein Polizist, der sich von nichts und niemandem beeinflussen oder beeindrucken lässt, der die Lage kontrolliert.

»Herr Bürgermeister, ich danke Ihnen für Ihre wertvolle Zusammenarbeit!«

»Sie werden ihn also befragen?«

»Wen?«

»Den Fußballtrainer!«

»Karl Forster? Ja, natürlich. Ohne Zweifel.«

»Hören Sie, also, äh … ich meine, das Gespräch hier bleibt schon unter uns, nicht wahr? Wenn der Karl Forster davon erfahren würde, würde er das sofort ausnutzen, um mich in den Dreck zu ziehen.«

»Das versteht sich von selbst, Herr Bürgermeister.«

Das kleine Mäuschen begleitet mich wieder zur Tür, ohne dabei ein einziges Wort zu sagen.

Als ich an der frischen Luft stehe, zögere ich einen kurzen Moment und überlege, welche Schritte ich als Nächstes unternehmen werde. Soll ich sofort Karl Forster aufsuchen? Hm, nein. Es ist schon halb sieben. Feierabend. Morgen ist auch noch ein Tag. Es ist wohl besser, wenn ich mich erkundige, wann die Fußballmannschaft trainiert. So kann ich ihn nach dem Training abfangen und eventuell ein Glas mit ihm trinken gehen. Die Tatsache, dass er sich mit dem Bürgermeister nicht zu verstehen scheint, macht ihn mir von vornherein sympathisch. Aber Achtung! Nichts überhasten!

Mein Magen knurrt schon wieder. Der Obatzte ist schon verdaut. Ich beschließe, mir beim Wirtshaus neben der Eisdiele ein kleines Bier zu gestatten, ehe ich nach Hause fahre.

Als ich die Tür zur Wirtsstube aufstoße, sehe ich die dickliche Bedienung und vier, fünf Dorfbewohner in eine Diskussion vertieft am Tresen stehen. Die Unterhaltung bricht abrupt ab, als sie meine Gegenwart bemerken. Ohne meine Bestellung abzuwarten, serviert sie mir ein Glas Bier. Die anderen rücken widerwillig ein wenig zur Seite, um mir am Tresen Platz zu machen.

Dann geht die Bedienung wortlos an mir vorbei und bedient eine Gruppe von Kartenspielern, die in einer Ecke des Raumes sitzen. Etwa die Hälfte der Tische in der Wirtsstube ist besetzt. Ich werde von allen Seiten misstrauisch gemustert. Ich schlürfe bedächtig den Schaum meines Zoigls und schiele verstohlen zu meinen Tresennachbarn.

Die Kartenspieler kommentieren lautstark jeden Stich, ganz offensichtlich spielen sie Schafkopf. Hinter dem Tresen stapeln sich schmutzige Gläser.

Die Dorfbewohner neben mir werfen sich kurze Blicke zu. Dann spricht mich einer von ihnen an. Der Zweitnächste neben mir. »Sie haben den Ernst Liebling verhaftet, oder?«

»Ja, das stimmt.«

»Was machen Sie jetzt mit ihm? Kommt er nach Amberg?«

Ich habe keine Ahnung, antworte jedoch so als ob: »Möglich, gut möglich. Aber wir haben im Moment noch keine konkreten Beweise gegen ihn. Es ist leichter, ihn in Oberviechtach zu haben, um ihn zu befragen.«

»Und? Kriegen Sie was aus ihm raus?«

Ich fühle, dass diese Einheimischen, die noch heute morgen, vor wenigen Stunden, am liebsten jeder einzeln Ernst Liebling in Stücke zerfetzt hätten, sich jetzt darüber amüsieren, wie eben diese Person die Polizisten an der Nase herumführt.

Die Bedienung kann ihre Neugierde auch nicht mehr zurückhalten: »Glauben Sie, dass er der Täter ist?«

Ich zucke mit den Achseln. »Eher nicht.«

Die bisher kühle Stimmung im Raum wird eiskalt. Die Einheimischen wenden sich von mir ab und beachten mich nicht länger, behandeln mich wie Luft, als ob meine Bemerkung mir jede Existenzberechtigung geraubt hätte.

Wortlos stapft das Dickerchen mit einem Bier, mehreren Schnäpsen und einem aufgewärmten Schnitzel an mir vorbei. Als sie mit dem leeren Tablett hinter den Tresen zurückkehrt, ergreife ich die Gelegenheit und stelle ein paar Fragen.

»Kennen Sie Karl Forster, den Fußballtrainer?«

»Ja, warum? Jeder im Dorf kennt ihn.«

»Wussten Sie, dass er mit Lisa intim verkehrte?«

Sie wird plötzlich aggressiv: »Intim verkehrte, was soll des heißen?«

»Na ja, äh … dass sie einen intimen Kontakt pflegten …«

»Können Sie nicht einfach sagen, wie es ist? Dass er mit ihr ein Verhältnis gehabt hat? Das ist gut möglich. Wieso auch nicht?«

Der Ton ihrer Stimme ist verbittert und böse. Ist das

Dickerchen etwa eifersüchtig? Sie erkundigt sich ihrerseits: »Wer hat Ihnen denn das gesagt?«

»Ich kann meine Informationsquellen nicht preisgeben.«

»Dann kann ich Ihnen auch nicht weiterhelfen.« Spricht's und geht.

In der Ecke werden die Karten weiterhin heftig auf den Tisch geknallt. Nach und nach kommen noch einige Gäste, und der Raum füllt sich. Ich habe den Eindruck, dass man sich hinter meinem Rücken über mich lustig macht. Jedes Mal, wenn ich mich umdrehe, verstummt das Gelächter, und die Leute senken ihren Blick. Ich fühle mich einsam, fremd, ausgeschlossen. Bestelle ein zweites Bier, dann ein drittes. Das Getuschel um mich herum wird lauter, erhebt sich beinahe zu einem Brüllen, aber ich kann die Worte, die sich vermischen, sich gegenseitig ersticken, nicht verstehen.

»Warten Sie ...«, bitte ich die Bedienung, als sie mein leeres Glas abräumt.

»Was ist?«

Na, das fängt ja gut an. Meine männliche Ausstrahlung scheint hier im Dorf vollkommen zu versagen. »Ich würde gern noch kurz mit Ihnen sprechen.«

»Mit mir? Ich hab Ihnen doch schon alles gesagt, was ich weiß.«

»Ich möchte nur ein wenig mit Ihnen plaudern. Sonst nichts.«

Sie geht wortlos hinter den Tresen und schenkt sich ein Glas Kirschlikör ein, das sie in einem Zug leert. Sie setzt das Glas ab und füllt es erneut. Dann dreht sie sich wieder zu mir um und lächelt mir schüchtern zu. Zumindest glaube ich das. Ich überlege kurz und frage dann: »Kennen Sie die Frau des Bürgermeisters?«

»Und deswegen stören Sie mich beim Bedienen?«, sagt sie enttäuscht.

»Ich komme gerade vom Bürgermeister, und da habe ich auch Frau Schmidt gesehen …«

Sie nippt an ihrem Glas. »Freilich kenne ich die Gertrud. Eine tapfere Frau, ich möchte nicht an ihrer Stelle sein, trotz ihrer hohen Position als Bürgermeistersfrau …«

»Wieso?«

»Der Schmidt hat sie doch nur wegen dem Geld geheiratet. (Na, das scheint ja hier im Ort ein häufiger Hochzeitsgrund zu sein. Wo hat man mir schon von so einer Konstellation erzählt? Richtig, der Metzger.) Sie haben keine Kinder, keiner weiß, woran es liegt. Sie ist erst fünfunddreißig, schaut aber aus wie sechzig. Vorher war der Schmidt mit einer anderen verheiratet, aber die hat ihn nach einer Weile sitzen gelassen. Warum weiß man nicht. Aber man kann sich's ja denken, bei all den Weibergeschichten. Ja, für die Gertrud ist das nicht immer lustig mit ihrem Mann. Er setzt ihr saftig die Hörner auf, nimmt sie nie auf Empfänge mit. Man könnt fast glauben, dass es ihm peinlich ist, dass er sie geheiratet hat. Aber sie sagt nix.«

»Hm, ja, ich verstehe …« In der Tat wirkte Gertrud Schmidt vorhin eher wie eine Haushaltshilfe als eine würdige Gattin des Bürgermeisters. Da kommt mir noch ein anderer Gedanke:

»Wussten Sie, dass Martin Rötlich einen schweren Autounfall hatte und seither querschnittsgelähmt im Krankenhaus liegt?«

Kein einziger Muskel zuckt in ihrem pausbäckigen Gesicht. Keine Antwort. Die Sekunden verstreichen. Sie senkt den Kopf.

»Ja, ich weiß.«

Sie ist sichtlich mitgenommen. Holt ein Taschentuch aus der Tasche und reibt sich die Augen. Um Himmels willen. Nicht schon wieder eine, die zu heulen anfängt! Das ist das Signal zum Aufbruch. Ein Blick zur Uhr. Himmel! Schon fast neun!

Ich bezahle und fahre nach Oberviechtach zurück. Leichter Schneeregen fällt auf die Windschutzscheibe. Ich fahre vorsichtig. Mein Alkoholpegel ist leicht über den gesetzlichen Mindestgrenzen. Aber ich komme heil an der Polizeiinspektion an. Alle Lichter im Gebäude sind aus. Ich parke den Volvo in der Garage.

Es ist dunkel um mich herum, als ich aus der Garage ins Freie trete. Im schwachen Licht der Straßenlaternen haste ich nach Hause. Die Schatten der Häuser liegen bedrohlich auf dem Weg. Die schwarzen Gärten schweigen düster. Ich sehe mich ängstlich um. Max Spichtinger! Du bist Polizist! Du wirst dir doch wohl nicht wegen ein wenig Dunkelheit in die Hosen machen. Mein Herz schlägt nichtsdestoweniger einen heftigen Rhythmus, der einem Technosong alle Ehre machen würde. Rechts liegen die moderne evangelische Kirche und der Oberviechtacher Friedhof. Stille. Oder waren da Schritte hinter mir? Ich reiße meinen Kopf herum. Nichts. Wohl nur Einbildung. Nicht umsehen! Was war das für ein Geräusch? Der Mörder ist sicher nicht so verrückt, einen Polizisten umzubringen! Aber ich habe heute eine Reihe Leute befragt, vielleicht bin ich dem Täter ein Dorn im Auge. Was, wenn der Baron einen seiner Untergebenen auf mich angesetzt hat?!

Ich renne nun fast. Gerate außer Atem. Ich stolpere beinahe, als ich nach links von der Muracher Straße in die Watzlikstraße einbiege, kann gerade noch das Gleichgewicht behalten. Ein älterer Spaziergänger kommt mir entgegen und sieht mich schief an. Ich muss einen komischen Anblick bieten. Wirrer Blick, atemlos und um Gleichgewicht ringend. Nicht unbedingt der Eindruck von Souveränität, den ich gern erwecken würde. Aber egal jetzt. Ich will nur eines: in meine Wohnung, ins Helle, ins Warme und einen doppelten Schnaps, um Geist und Magen wieder zu beruhigen. Noch hundert Meter. Ich sehe schon die Einfahrt vor meiner Wohnung. Das Licht an der Eingangstür geht an, als ich mich nähere. Mit zitternden Händen ziehe ich meine Schlüssel aus der Jackentasche und sehe mich unentwegt um. Mit Müh und Not finde ich das Schloss, drehe den Schlüssel, springe ins Innere und schlage die Tür hinter mir zu.

Ah! Endlich in Sicherheit! Ich atme tief ein und aus, um meinen Puls zu beruhigen, und gehe langsam die weiße Wendeltreppe zu meiner Wohnung im ersten Stock hoch. Ich lege meine Schuhe am Schuhregal vor der Tür ab und trete ein. Welch eine Wohltat, wieder bei sich zu sein.

Ich hatte damals vor zwei Jahren ein echtes Glück, diese Wohnung zu finden, ideal für eine Person oder zwei mit ihren 105 Quadratmetern und ihren vier Zimmern. Eine große moderne Küche mit Essnische, ein Wohnzimmer, ein Zimmer für allerlei Krimskrams, der sich so ansammelt, ein Bad, ein Gäste- und ein Schlafzimmer. Das Ganze etwa hundert Meter oberhalb der dicht befahrenen Bahnhofsstraße, deren Lärm man aber in der Wohnung nicht hört; die Fenster und Türen sind ausgezeichnet isoliert. Zwischen der Straße und dem Haus liegt noch dazu ein kleiner Park, Treffpunkt der Dorfjugend und anderer Strolche, aber auch ein hervorragender Geräuschdämpfer, sofern die Jungs und Mädels nicht gerade im Suff wild herumbrüllen. Zur Rückseite des Gebäudes hin hat man den Blick auf das neu erbaute Altenheim, das angeblich über einen tollen Service verfügt. Ich hoffe jedenfalls, dass ich nie in den Genuss eines solchen Services kommen werde.

Die Aufregungen des Tages haben mich ganz schön geschleift. Ich lasse ein heißes Bad einlaufen. Ach, nirgends kann ich so gut entspannen wie in einem schönen, schaumigen Bad. Bei der Lektüre eines Asterix-Bandes. Meine Sammlung an Asterix-Heften liegt in einem kleinen Regal, gleich neben der Badtür. Hm, welches werde ich mir denn heute zu Gemüte führen? »Asterix bei den Goten?« Ja, das habe ich schon seit Monaten nicht mehr in der Hand gehabt. Ganze vierzig Minuten lang weiche ich in meinem Bad auf, lache leise über die Abenteuer des entführten Mirakulix, den Asterix und Obelix aus den Klauen der Goten befreien müssen.

Erst als ich mich abtrockne, holt mich die grausame Realität wieder ein. Mein Handy klingelt. Am anderen Ende, Helbich. »Guten Abend, Spichtinger. Entschuldigen Sie die späte Störung.«

»Macht nichts, Chef!«

»Schlechte Nachrichten! Julia Liebling ist vor ein paar Minuten gestorben. Wir haben es von nun an mit einem dreifachen Mörder zu tun. Schlafen Sie gut. Wir sehen uns um acht Uhr in der Polizeiinspektion.« Ende des Gesprächs.

Von Nachtruhe kann heute nicht die Rede sein. Ich wälze mich in meinem Bett hin und her. In meinen Träumen ziehen die drei Leichen abwechselnd vor meinem inneren Auge vorüber. Die junge Lisa wirft mir ein trauriges Lächeln zu. Julia Liebling sitzt gebeugt auf einer Kirchenbank, als sie sich zum Gebet verneigt, sehe ich, dass sie ein Loch im Hinterkopf hat. Frau Winter zählt auf ihrem

Hotelbett ausgebreitete Geldscheine, während sich von hinten ein dunkler Schatten nähert ... Lenis breiter Hintern wackelt durch einen holzgetäfelten Saal. Bürgermeister Schmidt grinst mich breit an und sagt: »Sie wollte sich mit diesem Forster einlassen, ausgerechnet mit dem Bastard, das konnte ich nicht dulden, Sie verstehen mich doch, haha!«

Gegen fünf Uhr wache ich endgültig auf und kann nicht wieder einschlafen. Um sechs Uhr sehe ich ein, dass es keinen Sinn macht, länger liegen zu bleiben, stehe auf und kleide mich an.

Ein paar Tassen Kaffee später und nach einer ausgiebigen Dusche mache ich mich auf.

Meine Kollegen sitzen schon im Gesellschaftsraum, als ich ankomme. Helbich, Hauser, Pete, Mich und Feiti. Der Chef ist ungewöhnlich gut gelaunt, was mich ernsthaft beunruhigt. Helbich muss felsenfest von Lieblings Schuld überzeugt sein, sonst wäre er nicht so heiter und unbesorgt. Nicht einmal, als der Kaffee, den Feiti ihm serviert, so schwach ist, dass man den Tassenboden sieht, verliert er seine gute Laune.

»Und, Spichtinger? Wo stehen Sie mit Ihren Untersuchungen? Gestern Abend sind Sie ja recht schnell verschwunden.«

Was von meinen Entdeckungen kann ich offenbaren, ohne auf der einen Seite all meine Ermittlungen bloßzulegen und andererseits nicht als ein Idiot dazustehen? Ich versuche einen Mittelweg: »Ich habe einige Dorfbewohner mehrmals befragt …«

»Ja, ja, das wissen wir. Und was haben Sie herausgefunden? Nichts, nehme ich mal an.«

»Naja …«, beginne ich. »Ich …«

»Ich werde Ihnen mal was sagen. (Helbich beißt in einen Croissant.) Sehen Sie, ich habe nichts dagegen, wenn meine Untergeben Eigeninitiative zeigen, aber soeben hat der Bürgermeister bei mir angerufen und sich über Ihr Vorgehen beschwert. Er hat Ihren ›Scherz‹ nicht im Geringsten lustig gefunden. Es fehlte nur wenig, und sie hätten ihn offen als Täter beschuldigt. Oder sehe ich das falsch? Ich sage Ihnen eins, lieber Spichtinger: Wir sind Diener der Gerechtigkeit, wir müssen unparteiisch urteilen, kein Zweifel, aber … (kleine Pause, um die Dramatik zu steigern) … aber wir müssen auch diplomatisch vorgehen. Verstehen Sie?«

Ich lausche mit ernster Miene, untergeben, nicke, und der Kommissar fährt fort: »In einem Mordfall wie diesem hier müssen wir mit der größten Vorsicht und Diskretion handeln. Mit Fingerspitzengefühl! Mit Takt! Keine übereilten Schlüsse! Keine unnötigen Verdächtigungen!«

Ich fühle, dass er an dieser Stelle eine Selbstkritik meinerseits erwartet. »Ja, Chef. Da haben Sie vollkommen recht. Ich habe mich ihm gegenüber ungeschickt verhalten. Das wird nicht wieder vorkommen …«

Mit einer Handbewegung wischt er meine Entschuldigung beiseite. »Schon gut. Keine Katastrophe. Was haben Sie sonst noch?«

»Ich habe mich ein wenig mit dem Dorfpfarrer unterhalten …«

»Gut, gut.«

»Ich habe nicht besonders viel erfahren. Er hat mir von einem gewissen Martin Rötlich erzählt und dessen Drogengeschichten, aber der junge Mann liegt im Krankenhaus, er kommt als Täter nicht infrage.«

Helbich schiebt sich einen riesigen Croissant hinter die Kiemen. Mir wird übel, wenn ich auf seinen Teller gucke. Marmelade, Honig? Schokoladenbrötchen. Am Morgen kann ich außer einer Tasse Kaffee nichts runterkriegen, und schon gar nicht irgendeinen süßen Papp.

»Die Jungs von der Gerichtsmedizin haben mich vor einer halben Stunde angerufen. Die Ergebnisse der Autopsien liegen vor«, erklärt Pete.

»Soweit ich weiß, wurde Frau Winter als Erste getötet?«

»Ja. Aber noch erstaunlicher ist, dass Lisa Kühner nicht

vergewaltigt worden ist. Sie wurde nur durch Messerstiche entstellt, um eine Vergewaltigung vorzutäuschen.«

»Dieser Liebling ist ein Perverser!«, ruft Hauser aus.

»Es wurden keine Fingerabdrücke auf dem Messer gefunden. Sowohl Klinge als auch Griff wurden säuberlich abgewischt. Dumm ist er nicht, dieser Verrückte!«

»Aber wenn er so schlau ist, wieso wirft er dann das Messer in einen Buch hinter seiner Hütte?«, werfe ich ein.

Mein Einwand verhallt ungehört. Die anderen diskutieren weiter über Ernst Lieblings Geisteszustand. Ich höre nicht länger zu, sondern lasse meine Gedanken wandern. Es ist wirklich seltsam, dass Lisa Kühner nicht vergewaltigt worden ist. Wollte der Mörder nicht oder konnte er nicht? Das alles weist auf eine Auftragstat, einen Racheakt hin. Drei Personen bleiben neben Ernst Liebling vorerst als Verdächtige übrig: Johannes ›Resi‹ Haberl, genannt ›der Baron‹, Bürgermeister Schmidt und Karl Forster, der Fußballtrainer. Welcher der drei ist meine Nummer eins? Ich entscheide mich für den Baron. Der Prototyp eines Auftraggebers. Wieso hätte Karl Forster die Morde begehen sollen? Welches Motiv sollte er haben? Es ist schwierig, eine handfeste Theorie zu entwickeln, da ich bisher weder den einen noch den anderen gesehen habe.

Karl Forster hatte vermutlich ein Verhältnis mit Lisa. Vielleicht wollte sie in der besagten Nacht Schluss mit ihm machen. In seiner Wut und Enttäuschung bringt er sie um und misshandelt sie. Aber wieso hat er Frau Winter vorher umgebracht? Und dann auch noch Julia Liebling? Das ist nicht einleuchtend. Nein. Nein.

Ich sehe mich um und bemerke, dass die anderen mich seltsam betrachten. »Alles in Ordnung, Spichtinger?«, fragt der Chef.

»Ja, wieso?«, antworte ich verwundert.

»Sie sitzen da, schütteln den Kopf und reden mit Ihrer Kaffeetasse. Ihnen geht der Fall ganz schön an die Nieren, nicht wahr?«

Ich schäme mich, werde womöglich gar rot, murmle eine vage Ausrede und stehe schnell auf. Weg hier, ehe ich mich noch mehr blamiere. In meinem Rücken spüre ich die spöttischen Blicke meiner Kollegen.

»Ich bin kurz oben in meinem Büro«, sage ich und wende mich zur Tür.

»Gut. Herr Völkl und ich werden uns jetzt noch mal Herrn Liebling vornehmen. Er weiß noch nichts vom Tod seiner Ex-Frau. Mal sehen, wie er darauf reagiert. Vielleicht ruft ja diese Nachricht ein Geständnis hervor!«

In meinem Büro setze ich mich an meinen Computer. Anschalten. Internet. Mails kontrollieren. Nichts Neues. Auch ich hätte Lust, ein paar Worte mit Liebling zu wechseln. Er schien einiges über den Baron und den Bürgermeister zu wissen. Ohne sagen zu können, was ich suche, surfe ich ein paar Minuten im Internet. Auf die Homepage des Schönseer Landes. In der virtuellen Welt hat man den Eindruck, die Gegend hier sei das reinste Paradies. Ein komisches Paradies, in dem in einer Nacht drei Frauen umgebracht werden.

Plötzlich ertönt von unten ein lautes Krachen, so als ob ein Stuhl umgefallen wäre. Dann folgt ein Gebrüll, das dem brunftigsten Elch Ehre gemacht hätte. War das Helbich? Ich stürze aus meinem Büro und nach unten.

Im Erdgeschoss schlägt mir ein Hauch von Katastrophe entgegen. Meine Augen bestätigen diesen Eindruck: Helbich sitzt zusammengesunken auf der Bank im Gesellschaftsraum und stöhnt. Sein rechtes Auge ist geschwollen, blutige Taschentücher liegen auf dem Boden verstreut: Offensichtlich hat Lieblings Faust sowohl Nase als auch Auge schwer beschädigt. Die anderen stehen hilflos daneben, konsterniert. Ich wage nicht, meinen Mund zu öffnen, und werfe Hauser einen fragenden Blick zu. Dieser versteht ausnahmsweise die unausgesprochene Frage: »Ernst Liebling! Das ist ein Skandal! Er hat den Chef geschlagen!«

Ich drehe mich schnell zur Seite, um die Schadenfreude in meinem Gesicht zu verbergen. Trotz meiner ständigen Übungen vor dem Spiegel offenbare ich hin und wieder meine Gefühle zu deutlich.

»Aber wieso?«, frage ich unschuldig.

»Wieso! Wieso!« Helbich erwacht zu neuem Leben. »Wieso! Wen interessiert das? Dieser Verbrecher hat es gewagt, einen Polizisten zu schlagen. Das wird er noch büßen.«

»Erlauben Sie mir, dass ich ihn noch zu einigen kleineren Details bezüglich der Mordfälle befrage?«

»Wenn Sie sich auch eine einfangen wollen. Nur zu, Spichtinger. Niemand hält Sie davon ab.«

Und so gehe ich ein weiteres Mal zu der Zelle, in der Ernst Liebling isoliert ist. Er springt auf, als er mich erblickt. »Wollen Sie mich auch beschuldigen, meine Frau umgebracht zu haben?« Bei ihm hat die Wut sichtlich die Überhand über die Trauer gewonnen.

Ich schüttele den Kopf und hebe beruhigend die Hände: »Nein, ich glaube Ihnen, Herr Liebling. Ganz im Gegenteil: Ich benötige Ihre Hilfe.«

»Meine Hilfe?«, grummelt er abwartend.

»Ich möchte, dass Sie mir mehr über den Baron erzählen. Das letzte Mal, als wir uns unterhalten haben, schienen Sie ihn zu verdächtigen.«

»Werden Sie ihn verhaften?«

»Nein. Noch nicht.«

»Ich habe Ihnen schon beim letzten Mal gesagt, was ich von dieser Person halte.«

»Ja, aber allein der Verdacht genügt nicht. Ich brauche Fakten, präzisere Angaben. Als Erstes würde ich zum Beispiel gern wissen, wie gut Sie ihn kennen und woher.«

»Kennen ist nicht das richtige Wort. Ich bin ihm vor langer Zeit ein paar Mal über den Weg gelaufen, als ich für ihn gearbeitet habe.«

»Sie haben für ihn gearbeitet? Ich dachte, Sie waren beim Militär?«

»Ja, aber wissen Sie, was man dort verdient? Fast jeder hat einen kleinen Nebenjob, mit dem er seinen Soll verbessert. Wie hätte ich sonst das schöne Haus mitten im Dorf finanzieren sollen?«

»Welche Arbeit haben Sie für den Baron erledigt?«

Ernst Liebling lacht leise. »Ich war Türsteher. Das ist schon über zwanzig Jahre her. In einem seiner Bordelle in Regensburg. Der Baron hatte dort sozusagen das Sexmonopol.«

Eine Überraschung jagt die andere. Ich traue kaum meinen Ohren. »Der Baron besaß Bordelle in Regensburg? Aber ist er nicht ein guter Freund des Bürgermeisters und des Landrats?«

»Die drei kennen sich seit Langem. Der Winter hat seine Ehefrau in einem der Bordelle kennengelernt. So ganz hat der Baron aber die Anna nicht losgelassen. Einmal im Monat musste sie ihm zur Verfügung stehen. So war die Abmachung.«

Ich falle aus allen Wolken. »Sie wollen sagen, dass Anna Winter …«

»… kein unbeflecktes und unschuldiges Mädchen war. Ja, ja.«

Liebling lacht jetzt laut und offen. Ich bin schockiert, versuche jedoch, weiterhin einen klaren Kopf zu bewahren. »Aber wieso hätte der Baron Anna Winter umbringen wollen?«

»Weil sie sich zu viele Freiheiten rausgenommen hat. Ihr Mann war senil, konnte sie also nicht länger dazu bringen, die Abmachung mit dem Baron einzuhalten. Und da hat der alte Fettsack wahrscheinlich beschlossen, sie umzulegen. Er hat sich aber bestimmt nicht selbst die Hände schmutzig gemacht, sondern irgendeinen Helfershelfer geschickt.«

»Und Lisa?«

»Ein bisschen müssen Sie schon selbst arbeiten. Ich kann Ihnen nicht den ganzen Fall allein aufklären.« Da hat er recht. Er fügt hinzu: »Ich weiß, dass er mir meine Frau abspenstig machen wollte.«

»Woher wissen Sie das?«

»Als man mich zwang, unseren gemeinsamen Herd zu verlassen«, sagt er feierlich, »hat er meiner Frau eine Stelle als Putzfrau bei sich auf seinem Bauernhof angeboten.«

»Hat sie das Angebot angenommen?«

»Ja, bei Geld wurde sie schwach. Sie konnte da nicht Nein sagen. Jeden Tag ging sie dorthin, und … ich konnte es nicht verhindern … sie wollte nicht auf mich hören …«

Gleich fängt er an zu heulen. Oje, oje. Ich ahne es.

»Aber wie kommen Sie darauf, dass er versucht haben könnte, Ihre Frau zu verführen?«

»Der Kerl ist sexbesessen. In seinen eigenen Bordellen war er der beste Kunde. Man servierte ihm jeden Abend die Frauen auf einem Tablett …«

»Hm, aber Ihre Frau war doch immerhin in einem gewissen Alter …«

»Sie war schön, Herr Inspektor. Sie war schön. Und im Bett …«

Es ist so weit. Er schluchzt. Auch ich bin gerührt. Ich fühle eine leichte Gänsehaut auf meinen Unterarmen. Spichtinger! Du wirst doch wohl nicht anfangen zu heulen. Reiß dich zusammen!

»Das ist ein Gauner, Herr Kommissar. Ein Erzgauner. Aber er kann sich alles leisten, weil er die Leute schmiert. Wir leben in einer sauberen Welt! Und ich, ich sitze hier, und man beschuldigt mich, meine Frau ermordet zu haben.«

Ich murmle irgendetwas Beruhigendes. Mit erstickter Stimme fährt er fort: »Vorhin wollte der andere, der dicke Blödmann – ich sollte ihn nicht so nennen, schließlich ist es einer Ihrer Kollegen, aber es ist ein Blödmann –, dass ich ihm gestehe, die Kleine umgebracht zu haben. Aber so nicht! Nicht mit mir!« Er steht auf und erhebt seine geballten Fäuste zur Decke.

Ich verspreche ihm, dass ich mich um den Baron kümmern werde, und gehe wieder nach oben. Helbich betrachtet mich misstrauisch.

»Und?«, fragt er.

»Ich bin relativ sicher, dass er es nicht war«, wage ich zu antworten.

Die nächste Leiche im Dorf heißt vielleicht Max Spichtinger, ein junger Kommissar mit hervorragenden Zukunftsperspektiven. Der Täter ist sehr wahrscheinlich im engen beruflichen Umfeld des Opfers zu suchen.

Mein Schädel brummt. Die Gedanken überschlagen sich. Wieder eine neue Spur. Der Baron. Kann ich Ernst Liebling Vertrauen schenken? Er wirkte sehr überzeugend. Wieso hat bisher noch niemand auf die obskuren Tätigkeiten des Barons hingewiesen? Die Dorfbewohner müssen doch auf dem Laufenden sein. Anna Winter und der Baron waren allem Anschein nach im Dorf respektiert. Ich kann mir nicht vorstellen, dass Ernst Liebling diese Informationen über die Vergangenheit der beiden für sich behalten hat. Wie kommt es, dass mir bisher noch niemand davon erzählt hat. Der Pfarrer beispielsweise. Der weiß doch anscheinend alles über jeden. Irgendwie hat in diesem Dorf wohl jeder Dreck am Stecken.

Eine andere Spur führt zu Karl Forster, dem Fußballtrainer aus Oberviechtach. Was soll ich von den Enthüllungen des Bürgermeisters halten? Was ich brauche, das sind objektive, sachliche Informationen aus sicherer Hand.

Am besten schaue ich einfach mal im Vorstrafenregister nach. Ich gehe wieder hoch in mein Büro.

Mit drei Mausklicks bin ich im Intranet der bayerischen Polizei. Jetzt nur noch den Namen eingeben: H-A-B-E-R-L, J-O-H-A-N-N-E-S und auf *Suchen* klicken.

»IHRE ANFRAGE WIRD BEARBEITET«

erscheint auf dem Bildschirm. Ich lehne mich zurück. Ein paar Sekunden später spuckt der Computer die Daten aus. Bingo.

Haberl, Johannes: (geb. 17.03.1948 in Oberviechtach). 1978: Anzeige wegen Zuhälterei Minderjähriger, Freispruch mangels Beweisen. Diverse Verkehrsvergehen (Alkohol am Steuer, Raserei).

Als Nächstes gebe ich *Anna Meyer* ein. Der Computer sucht lange. Ergebnis: nichts. Ich versuche es mit *Anna Winter*. Auch nichts.

Viel habe ich nicht herausgefunden. Immerhin weiß ich jetzt, dass Ernst Liebling mich nicht angelogen hat. Der Baron ist kein Unschuldslamm. Seine Vergangenheit als Zuhälter und Bordellbesitzer macht ihn verdächtig. Das ist aber auch schon alles. Mehr weiß ich nicht. Wieso wohnt er eigentlich in Schönsee? Um sich vor der Polizei oder anderen Feinden zu verbergen? Am liebsten würde ich sofort unangemeldet bei ihm anklopfen, um ihn zu überrumpeln. Allerdings ist es bei solchen Persönlichkeiten angesagt, vorsichtig zu agieren und sich ans Protokoll zu halten.

Welches Interesse könnte der reiche ehemalige Bordellbesitzer an der Ermordung dieser drei Frauen haben? Könnte ein Sexskandal hinter diesen furchtbaren Morden stecken? Aber da passt Julia Liebling wiederum überhaupt nicht ins Bild. Egal, wie ich es drehe und wende. Irgendein Puzzleteil bleibt immer übrig und verhindert das Entstehen eines einheitlichen Gemäldes.

Die Fragezeichen wirbeln in meinem Kopf umher und machen mich umso nervöser. Ich will diesen Fall unbedingt aufklären. Der Pfarrer hat sich gestern Vormittag als ergiebige Informationsquelle erwiesen. Wieso soll ich es nicht noch einmal versuchen? Gleich nach der Unterredung mit dem Baron werde ich dem Pfarrhof einen weiteren Besuch abstatten.

Schon im Treppengang höre ich von unten Helbichs donnernde Stimme. Ich zögere, steige dann aber doch ins Erdgeschoss hinab. Der Chef steht an der Tür zum Gesellschaftsraum, umringt von meinen Kollegen, und schäumt vor Wut: »Dieser Hanskasper macht sich über uns lustig!«

Niemand nimmt Notiz von meiner Ankunft.

»Er winselt, heult, singt und schlägt wild um sich. Wie soll man mit einem solchen Kerl ein normales Gespräch führen? Unmöglich! Herr Völkl, Sie sind Zeuge ... (Ja, Pete ist Zeuge: Er nickt mit betretener Miene), dass dieser dammische Hirsch komplett durchgeknallt ist. Der gehört schon seit Langem in ein Irrenhaus! Dass so einer noch frei rumläuft! Nichts gesteht er. Nichts! Das Messer kennt er nicht, er hat es noch nie gesehen. Seine Frau hat er angeblich geliebt, er hätte sie nie umgebracht, er weiß nicht mehr, was er in der besagten Nacht gemacht hat, aber er behauptet stur, die Frauen nicht umgebracht zu haben. Der ist schlau, ich sag es Ihnen! Wie lange wird er uns noch an der Nase herumführen? Wie lange? Wie lange?«

Keiner hat passende Antwort parat. Also brüllt der Chef weiter:

»Aber er wird gestehen! Eines Tages wird er gestehen! So wahr ich Helbich heiße! Notfalls versauert er in seiner Zelle, bis er die Wahrheit ausspuckt!«

Wenn er so weitermacht, wird er ersticken. Aber jetzt sieht er mich, beruhigt sich, sammelt seine Kräfte für eine neue Attacke, diesmal gegen mich. Er wird mich niedermachen, wenn ich nicht zeige, dass ich auf der Höhe bin, ein würdiger Polizist, demütig, bereit, jedem seiner Ratschläge oder Befehle zu folgen.

»Spichtinger! Unser Moralist! Sie ...« Die Klingel am

Eingang der Polizeiinspektion unterbricht Helbich. Pete geht und schaut, wer gekommen ist.

Helbich setzt erneut zu einer Standpauke an, hebt aber dann einfach nur die Hände und macht eine wegwerfende Handbewegung.

Pete kommt zurück. »Chef! Ein gewisser Frank Huber möchte Sie sprechen. Er hat angeblich wichtige Informationen zu den Morden.«

Ich folge Helbich in den Vorraum der Polizeiinspektion. Ein älterer, ungefähr fünfzigjähriger Mann, der einen grünen Jägerhut nervös in seinen Händen dreht und sich unsicher umsieht, steht vor dem Empfangsschalter.

Unser Erscheinen verstärkt seine Nervosität. Er verbeugt sich beflissen. »Grüß Gott. Frank Huber. Haben Sie einen Augenblick Zeit? Ich will nicht lange stören.«

»Wir haben nicht viel Zeit. Worum geht es denn?«, antwortet Helbich grob.

Der Mann mustert etwas verwundert Helbichs blaues Auge. Aber er hütet sich, irgendeinen Kommentar abzugeben.

Frank Huber? Irgendwo habe ich diesen Namen doch schon gehört. In welchem Zusammenhang? Ah! Ich erinnere mich. Huber ist der Name des Holzhauers, der mit Emil Luba, dem ehemaligen Metzger zusammenwohnt.

»Ich will eine Meldung machen. Ernst Liebling ist unschuldig. Sie haben den Falschen verhaftet.«

Das sind Neuigkeiten!

»Wie wollen Sie das wissen? Kennen Sie den Täter? Haben Sie etwas Besonderes beobachtet?«

»Ja. Der Emil war's.«

»Wer?«, fragt der Chef.

»Emil Luba, der ehemalige Metzger im Ort«, werfe ich ein.

»Aha.« Helbich überlegt. »Wie können Sie so sicher sein, dass er es war?«, hakt er dann nach.

»Ich weiß es halt. So was fühlt man.«

»Hm. Am besten beginnen wir der Reihe nach. Woher kennen Sie Emil Luba?«

»Wir wohnen zusammen.«

»Aha.« Man sieht förmlich, wie Helbichs Gedächtnis hinter seiner Stirn arbeitet. »In welchem Verhältnis stehen Sie zu ihm?«

Frank Huber ist leicht verlegen, aber er antwortet ohne Umschweife: »Wir sind Lebenspartner.«

»Ah.« Pause. »Schön. Zurück zum Geschehen. Weswegen sind Sie hier? Hat Ihr … Partner in der Mordnacht das Haus verlassen? Sind Sie ihm gefolgt?«

»Gefolgt bin ich ihm nicht. Aber ich bin fast sicher, dass er noch mal weggegangen ist. Ich geh immer recht früh schlafen, wissen Sie. Emil bleibt die halbe Nacht wach und schläft dann bis Mittag.«

»Sie können also nicht mit Gewissheit sagen, dass er in der besagten Nacht das Haus verlassen hat, und trotzdem sind Sie davon überzeugt, dass er die Morde begangen hat? Wie können Sie so sicher sein? Das sind schwere Anschuldigungen, die Sie da gegen Ihren … Partner äußern, ich hoffe Sie sind sich dessen bewusst.«

»Er benimmt sich seltsam seitdem, er ist nicht mehr derselbe. Davor war er immer lustig, hat Scherze gemacht, und jetzt liegt er den ganzen Tag nur auf dem Sofa und denkt nach. Das ist nicht normal.«

»Er liegt auf dem Sofa und denkt nach? Das ist nicht wirklich ein Beweis.«

»Das ist nicht alles. Der Benno ist verschwunden!«

»Benno? Wer ist das? Ihr Sohn?«

»Nein, nein! Unser Hund. Ein Cockerspaniel. Seit der Nacht, als die drei Frauen umgebracht worden sind, ist er verschwunden. Und der Benno ist noch nie weggelaufen. Des ist kein Streuner wie so manch anderer Köter hier im Dorf. Er gehorcht aufs Wort und tut keiner Fliege was zuleide.«

»Was aber hat das Verschwinden von Benno mit der Schuld Ihres … Freundes Emil zu tun?« Helbich hat ganz offensichtlich Schwierigkeiten mit der unüblichen Partnerschaft der beiden Männer.

»Emil geht jeden Abend Gassi mit ihm. Vielleicht hat der Benno gesehen, wie Emil die Lisl oder die Jule umgebracht hat, und dann ist er abgehauen. Der Benno hat nämlich empfindliche Nerven, müssen Sie wissen.«

»Ach so. Aha.«

Helbich – und auch ich – beginnt an der Zurechnungsfähigkeit unseres Gesprächspartners zu zweifeln.

»Ich mache Ihnen einen Vorschlag«, meint Helbich. »Mein Kollege hier, Kommissar Spichtinger, wird nachher bei Ihnen zu Hause vorbeischauen und sich einmal mit Emil unterhalten. Wann, sagten Sie, steht er immer auf? Gegen Mittag? Sagen wir also um halb eins bei Ihnen? Nicht wahr, Spichtinger?« Ich höre deutlich den ironischen Unterton in Helbichs Stimme. Aber was soll ich schon anderes machen, als gehorsam zu nicken? Ich nicke gehorsam.

Frank Huber sieht erleichtert aus. »Ich werde dafür sorgen, dass er da ist. Unser Haus ist das letzte auf der Straße in Richtung Dietersdorf. Blau, mit roten Fensterläden. Auf der rechten Straßenseite.«

Wir verabschieden uns.

Kaum ist der Holzhauer durch die Tür verschwunden, wendet Helbich sich an mich. »Sie scheinen ja von diesem

Metzger schon gehört zu haben. Wie wäre es, wenn Sie mir mal sagen, was Sie wissen?«

Ich räuspere mich. »Nichts Genaues, Chef. Nur, dass er vor ein paar Jahren seine Frau verlassen hat, um mit Frank Huber, dem Holzhauer, der gerade hier war, zusammenzuziehen. Man sagt ihm aber auch ein Verhältnis mit Julia Liebling nach ...«

»Wieso haben Sie das nicht früher gesagt.«

»Ich habe es erst gestern Abend erfahren, und es ist auch nur ein Gerücht, also ...«

»Hm.« Der Chef wirkt nachdenklich.

»Diese beiden Männer sind also ein Paar ... und einer von ihnen kommt hier hereinspaziert und beschuldigt seinen Freund des dreifachen Mordes. Na sauber! Und ein denkbares Motiv wäre, dass Emil Luba ein Verhältnis mit der hochkatholischen Julia Liebling hatte. Aber was wollte die Liebling denn mit einer Schwuchtel!«

»Frauen mögen homosexuelle Männer«, wage ich zu sagen.

Helbich wusste das nicht, zweifelt daher an meiner Aussage und meiner Kenntnis der Materie. Dann aber erhellt sich sein Blick: »Hab ich es nicht gesagt! Ein Sittenskandal!«

»Ernst Liebling und Emil Luba hatten darüber hinaus eine heftige Auseinandersetzung in der Wirtsstube gegenüber dem Rathaus. Liebling hat Luba mit einem Gewehr bedroht.«

Er ist beeindruckt, mein Chef. »Interessant, interessant! Aber trotz allem nicht ganz ernst zu nehmen. Also wie geschaffen für Sie, Spichtinger. Los jetzt, wir müssen uns beeilen, wenn wir noch pünktlich zur Verabredung mit dem Baron kommen wollen.«

Fünfzehn Minuten später biegen wir in die Einfahrt des riesigen Gutshofes des Barons, leicht außerhalb von Schönsee gelegen, kurz vor Laub.

Der Eingang zum Hof gleicht einer Burgauffahrt. Fehlen nur noch der Graben und die Zugbrücke. Das Hauptgebäude und zwei riesige Nebenbauten formen ein Dreieck, dessen Innenfläche mit teuren Pflastersteinen ausgelegt ist. Ich parke den Wagen neben einem schwarzen Mercedes Kombi.

Die Eingangstür des ungefähr zwanzig Meter langen Hauptgebäudes aus Kalkstein ist aus massivem Holz. Dicke Nägel und Eisenschienen unterstreichen den mittelalterlichen Touch. Keine Klingel. Stattdessen hängt ein dicker Klopfer an der Tür, den ich ungeschickt anhebe und wieder fallen lasse. Das dumpfe Geräusch des Aufpralls hallt im Innenbereich des Hauses wider. Dann herrscht Stille.

Gerade als ich den Klopfer noch einmal anheben will, höre ich, dass sich drinnen langsam Schritte nähern. Der Baron selbst kommt und öffnet uns die Tür. Er ist groß gewachsen, breitschultrig. Unter seiner Halbglatze sitzen zwei eng beieinanderliegende Augen, die nur durch eine schmale, aber umso längere Nase getrennt sind. Ein breiter Mund stützt sich auf ein Doppel- und Dreifachkinn. Seine dicken Pausbacken verleihen ihm das Aussehen eines Rottweilers.

»Herr Haberl?«, fragt Helbich.

»Sehr wohl«, antwortet der Gutsherr und streckt seine Hand zur Begrüßung aus.

»Sehr erfreut. Ich bin Hauptkommissar Helbich, und das ist mein Kollege, Kommissar Spichtinger.«

Auf den ersten Eindruck erscheint mir der Baron gutmütig und sanft. Haha! Das hast du dir so gedacht, Haberl! Er ist es sicherlich gewohnt, mit Polizisten umzugehen.

Wir folgen ihm in einen großen Saal, in dem ein warmes Kaminfeuer flackert. Der Wandschmuck erinnert an ein englisches Landhaus. Trophäen, Ledersessel und Teppiche. Unser Gastgeber bittet uns, in zwei der Sessel Platz zu nehmen. Er selbst geht zu einem Wandschrank, entnimmt diesem eine Flasche Whiskey und schenkt ohne zu fragen drei Gläser voll.

»Einen kleinen Aperitif vor dem Mittagessen? Sie trinken den Whiskey pur, nehme ich an?«

Die Frage klingt eher nach einem Befehl, dem wir nur zu gern Folge leisten. Außerdem hat der Baron die Gläser so voll gegossen, dass gar kein Platz mehr für Eiswürfel oder Wasser bleibt.

»Also, Herr Hauptkommissar, wie weit sind Sie inzwischen mit Ihren Ermittlungen gekommen?«

»Wir gehen verschiedenen Spuren und Hinweisen nach …«

»Herr Hauptkommissar, wir sind hier doch ganz unter uns. Wieso haben Sie Ernst Liebling noch nicht nach Amberg geschafft? Mir ist zu Ohren gekommen, dass Sie ihn in Oberviechtach vernehmen … also, falls sie nicht genügend Verdachtsmomente gegen diesen Kerl haben, so kann ich Ihnen gern behilflich sein, glauben Sie mir.«

Helbich nickt nur vieldeutig. Mir missfällt die Richtung, die das Gespräch auf einmal nimmt. Aber wie soll man einen solchen Mann unterbrechen? Ich werfe am besten eine Frage ein.

»Seit wann kennen Sie Ernst Liebling?«

Das ist eine hinterlistige Frage. Gut gemacht, Spichtinger. Aber Haberl tut so, als habe er mich nicht gehört und setzt sein Plädoyer fort: »Dieses Individuum ist verrückt, der Mann ist vollkommen gestört … Vor Langem schon hab ich den Bürgermeister Schmidt gewarnt, dass das noch ein schlimmes Ende nehmen würde. Das, was geschehen ist, musste geschehen. Der Kerl ist ein elender Gauner, der die Leute beschwätzt, schlecht über die anderen redet, aber er ist nicht auszurotten. Unkraut vergeht nicht, sagt man. Aber diesmal ist er entschieden zu weit gegangen!«

Ich wage einen vorsichtigen Einwand: »Aber es ist noch nicht absolut sicher, dass er der Mörder ist …«

Helbich wirft mir einen finsteren Blick zu und winkt ab. Der Baron lächelt ihm wissend zu und hebt die Stimme: »Wer sonst sollte es gewesen sein? Dieser Typ hat in seinem Leben nichts anderes getan, als Scheiße zu verbreiten, das ist ein richtiger Scheißkerl, aber eins ist er nicht: Er ist kein Idiot. Aus dem Kerl ist nichts rauszukriegen, noch dazu lügt er Ihnen vermutlich das Blaue vom Himmel herunter.«

Er nimmt einen Schluck von seinem Whiskey, und ich nutze die Pause, um meine Frage zu wiederholen: »Haben Sie ihn kennengelernt, als Sie sich hier niedergelassen haben?«

Der Baron lässt sich Zeit mit der Antwort, hält sein Glas ins Licht, um die Konsistenz des Whiskeys zu überprüfen, und schnalzt mit der Zunge.

»Sie werden es mir kaum glauben, Herr Kommissar … Ich kenne Ernst Liebling deutlich länger als alle anderen Dorfbewohner …« Helbich lässt ein erstauntes »Ach ja?« entweichen.

Haberl ist wirklich nicht dumm, er kann sich denken,

dass Ernst Liebling uns gegenüber seine Vergangenheit als Bordellbesitzer erwähnt hat. Nichtsdestotrotz bemühe auch ich mich, möglichst überrascht auszusehen.

»Ich kenne ihn seit … warten Sie … lassen Sie mich überlegen … Ja, dass muss über fünfundzwanzig Jahre her sein. Etwas weniger vielleicht …«

Er lächelt, ist zufrieden mit der Wirkung, die seine Worte scheinbar auf uns beide haben. Bei Helbich ist die Überraschung nicht gespielt. Ich höre einfach nur zu, warte auf die Fortsetzung.

»… das ist eine lange und wahrhaft kuriose Geschichte. Bis vor einigen Jahren leitete ich einige Unternehmen im Umland von Regensburg. Ein Teil der Betriebe waren Orte der Begegnung, Saunas, Bars und Ähnliches. Man hat mich fälschlicherweise einmal der Zuhälterei angeklagt, das will ich Ihnen gar nicht verschweigen, aber die Anklage entbehrte natürlich jeglicher Grundlage. Ernst Liebling arbeitete in einer meiner Bars als Türsteher. Ich habe ihn dort nur selten zu Gesicht bekommen. Aber schon damals hatte er einen schwierigen Charakter. (Seufzer.) Einige meiner Mitarbeiter haben sich über ihn beschwert, aber noch ehe ich ihn entlassen konnte, hatte er selbst gekündigt und war wie vom Erdboden verschwunden. Sie können sich mein Erstaunen vorstellen, als ich ihn hier in Schönsee wiedergetroffen habe.« (Seufzer.)

Er schweigt einen Moment, um einige Augenblicke später in einer anderen Tonlage, so als ob er eine reiflich überlegte Formulierung von sich geben würde, hinzuzufügen: »Klein ist die Welt, meine Herren, klein ist die Welt.«

Ich nicke energisch. Wieder möchte ich die Stille nutzen, um das Wort zu ergreifen, doch Helbich kommt mir zuvor: »Sie sind also von seiner Schuld überzeugt?«

»Aber natürlich! Sie etwa nicht? Die Polizei geht heutzutage viel zu vorsichtig vor, wenn Sie meine Meinung wissen wollen, Herr Hauptkommissar. Natürlich bin ich von Ernst Lieblings Schuld überzeugt, jeder ist das und Sie sicher auch (sieh an!), aber man braucht selbstverständlich Beweise, Geständnisse und das ganze Tamtam ... Auf keinen Fall darf man diese so zarten Mörderseelen verletzen, die es fertig bringen, drei arme, unschuldige Frauen auf grausamste Weise abzuschlachten, niederzumetzeln und eine davon sogar zu vergewaltigen.«

Ich unterbreche ihn: »Lisa Kühner wurde nicht vergewaltigt!«

Helbich verpasst mir einen Rippenstoß. Ups, offensichtlich hätte ich diese Neuigkeit nicht ausplaudern sollen.

»Ach ja?«, sagt der Baron verwundert.

Helbich erläutert widerwillig: »Die Autopsie hat ergeben, dass sie nur äußere Gewalteinwirkungen, das heißt sexuelle Entstellungen, erlitten hat, aber sie wurde nicht vergewaltigt ...«

»Das ist noch schlimmer«, erklärt der Baron feierlich. »Aber was mich noch viel mehr schockiert, das ist die Tatsache, dass er am Ende vielleicht ohne Strafe davonkommen wird. Mich selbst sogar hat er bedroht, weil ich seine ehemalige Frau als Putzhilfe eingestellt habe. Ich habe keine Ahnung, was sich dieser Trottel eingebildet hat ..., aber in jedem Wirtshaus hat er rumerzählt, dass er mich umlegen will, weil ich seine Frau verführt hätte. Die Leute im Dorf können das jederzeit bezeugen, fragen Sie nur.«

Oje, noch ein verhinderter Polizist! Der Bürgermeister reicht mir eigentlich schon. Aber ich erinnere mich rechtzeitig an Helbichs Rat. Diplomatisch sein! Und die Diplomatie verlangt, dass wir dem Baron für seinen Ratschlag danken.

»Wir werden uns selbstverständlich diesbezüglich im Dorf umhören«, erwidert Helbich eifrig.

Ich kann mir eine weitere Frage nicht verkneifen, versuche aber, so diplomatisch wie möglich zu bleiben: »Und Frau Winter? Ich glaube, Sie kannten die Frau des Landrats besser als die anderen Opfer, nicht wahr?«

Wunderbar, Spichtinger? Das war elegant. Sämtliche Regeln der Diplomatie wurden beachtet. Aber er erstaunt mich, dieser alte Luchs. Er zeigt weiterhin sein unerschütterliches Lächeln, nimmt einen Schluck vom Whiskey, lässt die alkoholische Flüssigkeit in seinem Glas kreisen, hält sie ins Licht, schnalzt mit der Zunge, schweigt, dann: »Ich kannte Anna noch ehe ich Ernst Liebling kannte, und den habe ich, wie ich Ihnen ja soeben mitgeteilt habe, bereits vor über zwanzig Jahren zum ersten Mal getroffen ...«

Er liest auf unseren Gesichtern die Überraschung, die er sich erwartet hat. Die Fragezeichen blinken geradezu in unseren Augen.

»Anna war eine Künstlerin, die in unterschiedlichen Regensburger Bars auftrat, sie tanzte ... Ich habe sie eines Abends gesehen und umgehend engagiert. Sie hat mehrere Jahre lang für mich gearbeitet.«

»Aber wie ...«, setzt Helbich an.

»... hat sie Landrat Winter kennengelernt, fragen Sie sich sicher? Ganz einfach: Ich habe die beiden einander vorgestellt. Das war Liebe auf den ersten Blick. Sie haben kurz darauf geheiratet.«

»Das Ehepaar und Sie standen sich sehr nahe?«

»Es waren der Landrat Winter und Anna, die mir von diesem Hof erzählt haben. Ich brauchte Ruhe, Entspannung und einen Luftwechsel. Mehr als dreißig Jahre lang war mein Leben eine einzige Achterbahnfahrt.«

»Aber das Leben hier im Dorf muss einen sehr radikalen Wechsel …«, versuche ich zu entgegnen.

»Das Leben hier ist genau das richtige für mich. Die Bewohner haben mich sehr schnell als einen der Ihren akzeptiert, ich nehme am Leben der kleinen Gemeinschaft aktiv teil und unterhalte hervorragende Beziehungen zum Pfarrer und zu den anderen wichtigen Persönlichkeiten der Stadt. Der Stadt, denn Schönsee ist eine Stadt, wie Sie doch hoffentlich wissen. Hier habe ich den Eindruck, mich nützlich machen zu können.«

Am liebsten hätte er wohl, wenn wir ihm jetzt gratulierten. Helbich nickt beifällig. Der Baron erhebt sich aus seinem Sessel und gibt uns zu verstehen, dass die Unterredung damit zu Ende ist. Ich bin sicher, dass er uns nicht die volle Wahrheit gesagt hat. Er begleitet uns zur Haustür. Als er die Hand ausstreckt, um die Tür zu öffnen, schnalzt er noch einmal kurz mit der Zunge, eine wichtige Offenbarung bahnt sich an, wenngleich die Offenbarungen bisher nicht wirklich bahnbrechend waren.

»Ah! Ich komme zufällig noch auf eine kleine Sache, die Sie über den Charakter Ernst Lieblings aufklären dürfte. Dieser feine Herr erpresste Anna …«

»Anna Winter?«

»Ganz richtig. Er drohte ihr damit, Ihre Vergangenheit an die Öffentlichkeit zu tragen.«

»Wie das?«, will Helbich wissen.

»Ja, sehen Sie, in der Regel ist es nicht besonders gut angesehen, wenn die Frau des Landrats in ihren jüngeren Jahren in verschiedenen Bars als Tänzerin aufgetreten ist … vor allem nicht in Bayern.«

Diesmal ist auch meine Überraschung nicht vorgetäuscht. »Und Frau Winter zahlte?«

»Ich hatte ihr dazu geraten ... Sie überwies ihm regelmäßig eine kleine Rente ...«

»Ich verstehe ... Aber wieso hätte Ernst Liebling sie dann umgebracht, wo sie doch eine wunderbare Einnahmequelle für ihn darstellte?«, fragt Helbich.

»Tja, das fragen Sie ihn mal selbst. Ich kann in so ein krankes Gehirn nicht hineinsehen.«

»Sehr aufschlussreich«, rühmt Helbich unsere Unterhaltung mit dem Baron auf unserer Fahrt ins Stadtzentrum von Schönsee. »Ein sehr sympathischer Mann, sehr engagiert. Solche Leute müsste es mehr geben. Dann würde die Welt anders ausschauen.«

Da bin ich sicher, denke ich, sage aber nichts, sondern behalte meine skeptischen Gedanken für mich.

»Ich werde den Bürgermeister aufsuchen und mich für Ihr gestriges Verhalten entschuldigen. Wollen Sie nicht mitkommen?«, provoziert mich der Chef.

Ich lächle verbissen. »Richten Sie ihm einfach mein tiefes Bedauern aus … Ich würde gern noch mit dem Pfarrer reden, ehe ich zu Emil Luba und Frank Huber gehe.«

»Ach, stimmt. Unsere beiden Turteltäubchen hätte ich ja fast vergessen. Ja, machen Sie das. Wir treffen uns dann zum Briefing im Hubertus, sagen wir um kurz nach eins. Lassen Sie den Wagen vor dem Rathaus stehen. Sie gehen ja gern spazieren, nicht wahr? Ein bisschen Frischluft kann ja nie schaden!« Mit diesen Worten schwingt der Chef sich zur Tür hinaus. Ich steige auch aus und reiche ihm die Wagenschlüssel. Dann sehe ich ihm nach, wie er im Rathaus verschwindet.

Mit langen Schritten eile ich durch den immerwährenden Nieselregen zur Kirche und klingle an der Tür des Pfarrhauses. Der fromme Mann öffnet.

»Guten Tag, Herr Pfarrer. Entschuldigen Sie die Störung.«

»Nur herein! Nur herein! Willkommen!«

Sein Gesicht glänzt vor Freude, stolz, dass ich ihn erneut aufsuche und ihm offensichtlich mein Vertrauen als Informant schenke.

Ich folge ihm wieder in den kleinen Salon. Die Haushälterin und der Sohn sind nirgendwo zu sehen. Der Tisch im Salon ist von Papierblättern übersät. Eine alte Schreibmaschine lugt unter dem Haufen hervor. Während der Pfarrer kurz in die Küche geht, um Kaffee aufzusetzen, lese ich, was auf einem der Blätter geschrieben steht:

Gottes Wille/unergründlich. Zwei/Drei seiner Töchter frühzeitig zu sich berufen/tiefe Trauer/Teufel bekämpfen und austreiben/Judas unter uns/keine Gnade/das Böse mit der Wurzel ausreißen/Zusammenhalt/Glaube hilft

Mein Gastgeber kommt mit zwei dampfenden Tassen zurück.

»Setzen Sie sich doch, Herr Kommissar!«

Wir nehmen Platz. Er sieht mich erwartungsvoll an. »Und? Wie weit sind Sie mit Ihren Ermittlungen? Gibt es Neues?« Er redet weiter, ohne eine Antwort abzuwarten: »Welch ein Elend! Heilige Jungfrau Maria! Ach Gott. Ach Gott. Vergib ihnen, denn sie wissen nicht was sie tun.«

Das müssen wir erst noch herausfinden!

Ich nehme einen Schluck aus der Tasse, ehe ich dem Pfarrer den Grund meines Besuchs darlege. »Ich würde mich mit Ihnen gern über den Baron unterhalten.«

»Herr Haberl?«

»Ja, genau. Johannes Haberl.«

Mein Informant scheint leicht aus dem Gleichgewicht gebracht: »Herr Haberl ist eine große Stütze für die Kirche. Er finanziert unter anderem den Pfarrbrief.«

»Er ist ziemlich wohlhabend, nicht wahr?«

»Das stimmt. Sein Bauernhof ist einer der größten in der Oberpfalz, wenn nicht sogar in ganz Bayern. Aber Herr Haberl hat ein ebenso großes Herz. Er hat viel für Schönsee getan.«

»Indem er Geld gibt?«

»Ja, das auch. Vor zwei Jahren konnten wir dank seiner Unterstützung die Außenwände der Kirche renovieren. Er zögert auch nicht, den Dorfbewohnern Geld zu leihen, falls diese sich ein Haus kaufen wollen oder ein Auto ... und das zu sehr fairen Konditionen!«

»Und wie ist er zu seinem Reichtum gekommen? Was macht er beruflich?«

»Soviel ich weiß, hatte er einige Unternehmen in der Regensburger Gegend. Import–Export. Er hat sich schon vor ein paar Jahren zur Ruhe gesetzt ... Ich verstehe, dass Sie sich über alle Einwohner erkundigen, aber wenn ich meine bescheidene Meinung abgeben darf, so ist Herr Haberl über jeden Verdacht erhaben. Das ist ein Menschenfreund, ein Humanist!«

»Ah!«

»Und Ernst Liebling hat noch immer nicht gestanden?«

»Richtig.«

»Unsere Gemeinde lebt einen schrecklichen Albtraum. Ich fühle die Angst und Unsicherheit aller Bewohner. Solch ein Verbrechen hat sich in dieser Gegend seit Ewigkeiten nicht mehr ereignet. Die Leute stehen unter Schock. Morgen Vormittag werde ich eine Totenmesse zu Ehren der Verstorbenen lesen. Der Kommissar hat mir mitgeteilt, dass eine Beerdigung vorerst noch nicht möglich ist. Wann, glauben Sie, können wir die Körper der geweihten Erde übergeben?«

»Das kann ich Ihnen leider noch nicht sagen, Herr Pfarrer. Die Autopsien beanspruchen eine gewisse Zeit.«

»Ich verstehe«, seufzt der Geistliche niedergeschlagen. So ganz überzeugt bin ich nicht: Weiß der Pfarrer wirklich nichts von der finsteren Vergangenheit des ehemaligen Bordellbesitzers? Ist er ein einfacher, naiver Gottesdiener, der tiefen Respekt vor diesem »Humanisten« hat? Ich erhebe und verabschiede mich. Der Pfarrer bittet mich, ihn jederzeit aufzusuchen, falls ich weitere Fragen habe.

Als wir uns an der Tür die Hand geben, fällt mir noch etwas ein. »Ach ja! Ich habe gehört, dass Ihre Kirche eine neue Orgel erhalten hat. Ich würde sie gern einmal sehen. Wäre das möglich?«

Das Gesicht des Pfarrers hellt sich auf. »Natürlich! Kommen Sie nur mit. Ich zeige sie Ihnen.«

Er schreitet mit raschen Schritten vor mir her. Wir betreten die Kirche durch den Nebeneingang.

Die Kirche ist recht klein. Sechs Bankreihen links und rechts vom Mittelgang bieten Plätze für etwa achtzig Personen. Die Wände des Gotteshauses sind mit Bildern vom Kreuzzug Jesu geschmückt. Eine Jungfrau Maria mit ihrem kleinen Kind hängt an der Mauer hinter dem Altar. Ein paar Kerzen bilden eine schwache Lichtquelle.

»Kommen Sie mit vor zum Altar. Von dort aus sehen Sie sie am besten«, flüstert der Pfarrer. Wir gehen den engen Gang entlang zum Altar und drehen uns um.

In der Tat. Der Anblick ist beeindruckend. Silbrig grau leuchten die Orgelpfeifen in der Dunkelheit auf einer Empore unter dem Kirchendach.

»Der Orgelbau Sandtner aus Drillingen hat dieses Wunderwerk angefertigt«, erklärt mir der Pfarrer leise. »Die Orgel hat achtundzwanzig Register. Sehen Sie nur dieses außerordentliche Hauptwerk, und dort das Schwellenwerk! Dieses Instrument ist der Ausdruck der Geschlossenheit unserer Glaubensgemeinde, ohne deren Spenden die Herstellung niemals möglich gewesen wäre. Herr Vollmer, der Leiter unseres Kirchenchors, Herr Haberl und der Bürgermeister haben sich persönlich sehr stark eingebracht.«

Ich danke ihm für die kurze Führung und verabschiede mich. Es ist kurz nach zwölf. Ein perfektes Timing. Um halb eins soll ich bei Huber und Luba sein. Ich wandere die Hauptstraße entlang Richtung Dietersdorf. Der Gehsteig ist so schmal, dass ich beinahe vorwärts balancieren muss. Ich lasse die Abzweigung nach Eslarn links liegen und marschiere weiter, die Abstände zwischen den Häusern werden größer, etwa zweihundert Meter vor mir sehe ich das Ortsschild am Ortsausgang. Hier muss also irgendwo das Haus sein, in dem Luba und Huber wohnen. Was hatte Frank Huber noch gesagt? Blau mit roten Fensterläden?

Homosexuelle Männer haben Geschmack. Hat man mir erzählt. Oder hab ich irgendwo gelesen. Egal. Aber das Haus, das ich nun erblicke, widerspricht dieser These ganz entschieden. Eine Horde hässlicher Gartenzwerge schmückt den kurz geschorenen Rasen des Gartens. Kleine Ziersträucher und eine fein geschnittene Hecke stechen ins Auge. Ein rosa Papagei aus Holz ist an der Pforte angebracht. Er dient als Briefkasten. Ein schmaler Kieselweg führt zur knallroten Haustür. Auch die Fensterläden sind in einem kreischenden hellrot gestrichen. Sie heben sich klar gegen den himmelblauen Putz der Hausmauern ab. Auf einer weißen Holzplakette, die am grünen Gartenzaun befestigt ist, lese ich:

Frank Huber und Emil Luba
heißen Sie herzlich willkommen!
(Bitte Fußabstreifer benutzen)

Ich trete mir vor der Haustür ordentlich die Sohlen ab, ehe ich auf den Klingelknopf drücke. Zunächst passiert nichts. Ich blicke auf meine Armbanduhr. Zehn Minuten zu früh. Ist es unhöflich, zu früh zu kommen? Aber ich bin Polizist, ich kann mir das erlauben.

Endlich höre ich Schritte hinter der Tür. Frank Huber öffnet. »Ah, Herr Kommissar! Womit kann ich Ihnen helfen?«, ruft er laut. Leise flüsternd fügt er hinzu: »Bitte sagen Sie nicht, dass ich heute bei Ihnen war.«

Ich reagiere blitzschnell und antworte laut: »Guten Tag! Herr Huber, nicht wahr? Ich ermittle in den Mordfällen hier im Dorf und stelle Routineuntersuchungen an. Dabei befrage ich alle Dorfeinwohner.«

»Kommen Sie doch herein.«

Ich folge Huber in den langen Hausflur. Die Inneneinrichtung entspricht der kitschigen Außenfassade. Kleine Tonfigürchen auf zierlichen Holzmöbeln, farbenprächtige Bilder, bei denen Rosa als Hauptton hervorsticht, bunte Wände und allerlei Schnickschnack, den man gewöhnlich auf Flohmärkten vorfindet und an dem man naserümpfend vorübergeht, nicht verstehend, wie diese Leute zu solchen Gegenständen gekommen sind.

Huber führt mich in das Wohnzimmer, das mit dem Esszimmer eine Einheit bildet und von der Küche nur durch eine breite, aufschiebbare Glaswand abgetrennt ist. Huber bittet mich, in einem der vier hellbraunen Ledersessel Platz zu nehmen, die um ein kleines, flaches Tischlein gruppiert sind. Das Leder knirscht, als ich mich niederlasse.

»Emil ist gerade aufgestanden. Er macht oft ein kleines Nickerchen nach dem Mittagessen. Denn wie heißt es doch so schön: ›Nach dem Essen sollst du ruh'n oder tausend Schritte tun.‹« Frank Huber lacht nervös. Er geht unruhig auf und ab.

»Nur keine Sorge, Herr Huber«, versuche ich, ihn zu beruhigen. »Ich bin nicht hier, um Ihren Freund zu verhaften, ich werde nur ein paar Routinefragen stellen.«

»Ja, aber …«, er schluckt hörbar und sagt flüsternd: »Stellen Sie sich vor, er gesteht. Ich weiß nicht, was ich dann tun würde. Mein ganzes Leben hätte keinen Sinn mehr. Ich würde mir für den Rest meiner Tag Vorwürfe machen. Schließlich war ich es ja, der ihn verraten hat.«

»Sie haben genau das Richtige getan. Und im Moment deutet nichts darauf hin, dass er wirklich der Täter ist«, flüstere ich zurück, von der Nervosität meines Gastgebers angesteckt.

In der ersten Etage wird eine Toilettenspülung betätigt. Schlurfende Schritte schleichen über unsere Köpfe hinweg. Eine Tür wird geöffnet und geschlossen. Die Geräusche echoen unheimlich im Haus. Gänsehaut überläuft meine Unterarme. Die Schritte erklingen jetzt im Treppenhaus, kommen näher, halten kurz an. Dann wird die Wohnzimmertür aufgestoßen. Langsam drehe ich mich um. Ein seltsamer Anblick bietet sich meinen Augen.

Emil Luba ist winzig, nicht größer als einen Meter fünfundfünfzig. Seine Glatze leuchtet weiß im schummrigen Licht des Raumes. Große Augen stechen aus tiefen Augenhöhlen hervor, umgeben von zahlreichen Falten. Eine riesige Adlernase hängt wie ein enormer Schiffsbug über dem breiten Mund, der zu einem zahnlosen, fragenden Lächeln verzogen ist. Ein seltsamer Dorfcasanova!

Ich mache Andeutungen, mich erheben zu wollen, aber mit einer lässigen Handbewegung gibt er mir zu verstehen, dass ich sitzen bleiben soll. Er nähert sich schlurfend.

»Sie sind von der Polizei, nehme ich an«, sagt er und blickt mir gerade in die Augen.

»Kommissar Spichtinger nimmt eine Routineuntersuchung bei allen Dorfbewohnern vor«, beeilt sich Huber einzuwerfen. Ich nicke stumm, nicht recht wissend, was ich sagen soll.

»Erfreut, Sie kennenzulernen, Herr Kommissar. Sagen Sie mir, womit ich Ihnen behilflich sein kann.« Lubas Stimme ist leise, melodiös. Ich glaube sogar, eine Spur von Trauer zu entdecken. Plötzlich verstehe ich, was ihn für Julia Liebling so anziehend gemacht haben könnte. Dieser alte Mann strahlt Ruhe, Aufrichtigkeit und Sicherheit aus. Trotz des melancholischen Schleiers, der ihn umgibt, ahne ich darunter eine heitere und reine Seele. Wie um alles in der Weltsollte dieser kleine, schwache Mann Julia Liebling mit einem schweren Gegenstand erschlagen, Lisa überwältigt und misshandelt und Frau Winter erstochen haben? Eigentlich habe ich geplant, ihn mit einer direkten Frage zu überraschen, zu überrumpeln, aber die Worte wollen mir nicht über die Lippen.

»Herr Luba, ich freue mich, Ihre Bekanntschaft zu machen. Sie waren bis vor ein paar Jahren Metzger im Dorf?«

»Ja, das stimmt. Die Familie meiner Ex-Frau führt seit Generationen eine Metzgerei. Als ich Hannelore geheiratet habe, ging ich gleichzeitig mehr oder weniger die Verpflichtung ein, das Metzgerhandwerk zu lernen und die Nachfolge meines Schwiegervaters zu übernehmen. Meine Ehe hat aus unterschiedlichen Gründen nicht gehalten, daher habe ich mich auch aus diesem Beruf zurückgezogen. Ich habe mein Leben lang gut verdient und kann es mir leisten, jetzt schon mit Anfang fünfzig von meinem Ersparten zu leben. Mein ältester Sohn hat ebenfalls Metzger gelernt und widmet sich mit voller Seele diesem Beruf. Die Metzgerei wird also in Familienbesitz bleiben.« Bei diesem letzten Satz klingt ein wenig Ironie mit.

»Hatten Sie denn zunächst nicht vor, Metzger zu werden?«

»Nein, überhaupt nicht. Ich habe in Regensburg Literaturwissenschaft studiert. Ich hätte gern eine Doktorarbeit über die naturalistischen Strömungen im Theater des neunzehnten Jahrhunderts geschrieben. Meine Schwiegereltern hatten dafür aber kein Verständnis. Ich selbst konnte mich noch nie besonders gut durchsetzen. Aber der Mensch ist anpassungsfähig. Ich habe versucht, mein Glück mit dem Schlachtmesser zu finden. In meiner Freizeit habe ich viel gelesen. Seit ich hier zurückgezogen lebe, arbeite ich täglich an meinem Schreibtisch. Die Theorien Zolas und Rousseaus haben es mir noch immer angetan.«

»Äh«, stammle ich.

Mir schwirrt der Kopf. Will Emil Luba mich mit seinen philosophischen Auslegungen aufs Glatteis führen? Eher nicht. Er wirkt ehrlich begeistert von Literatur. Ich überlege krampfhaft, welche Frage ich noch stellen soll. Dieser höfliche, gebildete Mann kann kaum der Mörder sein. Oder? Der Schein trügt oft. Und das steht bestimmt auch in den vielen philosophischen Büchern, die Luba gelesen haben muss. Dann weiß er also Bescheid und verhält sich vielleicht absichtlich so, wie er sich verhält.

Ran an den Speck! Keine Gnade mehr! Nicht einschüchtern lassen! Auch wenn Literatur in der Schule nicht gerade deine Spezialität war, Spichti! Das Hohngelächter meiner

Kameraden bei der Rückgabe der monatlichen Diktate steigt vor meinem inneren Auge auf. ›Na Spichti, mal wieder mehr Fehler als Worte!‹, ›Hej, Spichti, buchstabier doch bitte mehr? m-e-e-r? oder m-ä-r? Hahaha!‹. Oh ja! Ich erinnere mich nur zu gut.

Luba und Huber sehen mich fragend an. Oje! Schon wieder habe ich meine Gedanken nach außen dringen lassen. Beherrsche dich! Zeig es diesem eingebildeten Literatenteufel!

»Herr Luba, das alles klingt sehr interessant.« Ha! Guter Anfang! Und jetzt …

»Wo waren Sie in der Nacht von Sonntag auf Montag gegen Mitternacht?«

»In der Mordnacht, wollen Sie sagen? Hm, gegen Mitternacht … da habe ich sicherlich noch hier im Wohnzimmer gesessen und gelesen. Ich gehe recht spät zu Bett, wissen Sie. Nicht vor ein oder zwei Uhr morgens.«

»Sie waren allein hier im Wohnzimmer?«

»Ja, Frank legt sich früh schlafen.« Luba dreht sich lächelnd zu seinem Freund um, der etwas verkrampft zurücklächelt. »Wir haben einen unterschiedlichen Tagesrhythmus, daher schlafe ich in einem Zimmer gleich neben dem Treppenaufgang und Frank am anderen Ende des Hauses. So störe ich ihn nicht.«

»Sie könnten also ohne Weiteres das Haus in der Mordnacht noch einmal verlassen haben, ohne dass Ihr Partner etwas bemerkt, nicht wahr?«

Luba zögert kurz, ehe er antwortet. »Ja, das ist richtig.«

»Mit anderen Worten: Sie haben kein Alibi.« Die anfängliche Sicherheit und Ruhe ist aus Lubas Zügen gewichen. Stattdessen macht sich Nervosität breit. Hab ich dich, Schlaumeier! Das kommt davon, wenn man sich für zu klug hält. So leicht macht man dem Spichtinger nichts vor! Ich bohre weiter:

»Gerüchte im Dorf besagen, dass Sie und Frau Liebling in einem, äh, besonderen Verhältnis zueinander standen. Können Sie mir dazu nähere Auskünfte geben?«

Jetzt habe ich ins Schwarze getroffen. Luba läuft rot an. Räuspert sich. Stottert irgendetwas Unverständliches. Sieht seinen Freund Huber schüchtern an. Blickt zu Boden. Schweigt.

»Herr Luba. Verzeihen Sie die direkte Frage, aber ich muss sie stellen: Hatten Sie ein Verhältnis mit Frau Liebling?«

Emil Luba verliert die Fassung. »Nicht so, wie sie sich das vorstellen! Als ich mich von meiner Frau getrennt habe, hatte dies einen einfachen Grund: Ich habe meine Liebe zu Männern entdeckt. Ich lebe glücklich mit Frank! Julia war schon immer ein wenig in mich verschossen. Sie war auf der Suche nach einer Person, der sie alles erzählen konnte, die ihr zuhörte. Die Trennung von Ernst fiel ihr nicht leicht.«

»Und da hat sie sich an Sie gewendet? Warum?«

»Weil sie mir vertraute. Weil ich ihr zuhörte.«

»Trafen Sie sich regelmäßig?«

»Zwei-, dreimal die Woche.« Luba sieht Frank Huber um Verzeihung heischend an. »Wir pflegten im Wald spazieren zu gehen. Dabei unterhielten wir uns über Gott und die Welt.«

»Über Gott und die Welt? Könnten Sie das etwas präzisieren?«

»Ich meine das wörtlich. Über Gott und die Welt. Julia ist ... Julia war sehr gläubig. Sie hat sich viele Fragen über unsere Existenz auf Erden, den Sinn des Lebens und unseres Daseins gestellt. Sie hatte sich von ihrem Mann getrennt. Das hat ihre Vorstellungen von ewiger Treue und Liebe stark durcheinandergewirbelt. Auch ich habe Ähnliches durchlebt. Wir verstanden uns.«

Auf jede einfache Frage antwortet dieser Kerl mit halbphilosophischem Geplapper. Das ist kaum auszuhalten. ›Wir verstanden uns‹. Dass ich nicht lache. Ich entscheide mich, das Gespräch abzubrechen, ehe mich Luba vollends verwirrt, und erhebe mich.

»Ich danke Ihnen für Ihre Erklärungen. Das wäre alles im Moment.« Ich betone die letzten beiden Worte, damit er begreift, dass ich noch nicht von seiner Unschuld überzeugt bin und dass sein kluges Gerede bei mir seinen Effekt verfehlt hat. So leicht bin ich nicht zu beeindrucken.

Frank Huber begleitet mich zur Haustür. »Und? Was werden Sie jetzt machen?«, flüstert er.

»Abwarten. Aber Sie haben recht: Ihr Freund ist höchst verdächtig.«

Ich drehe mich um und lasse den verschreckt aussehenden Huber in der Tür stehen.

Zufrieden mit der Wirkung, die meine letzten Worte bei Huber hinterlassen haben, marschiere ich wieder in Richtung Rathaus. Ich glaube eigentlich nicht ernsthaft an die Schuld Lubas. Einen Giftmord, ja, das würde ich ihm zutrauen, oder ein tückisch ausgeheckte Manöver, das den Mord als Selbstmord tarnt, aber ich kann mir nur schwer vorstellen, dass er Julia Liebling niedergeschlagen und ertränkt sowie die beiden anderen Frauen erstochen hat, nein, das passt nicht wirklich zu seinem Charakter. Aber was will das schon heißen? Vielleicht hat er die Nerven verloren? Ist durchgedreht? Aber auch das will mir nicht recht in den Kopf. Luba wirkt ziemlich ausgeglichen und ruhig. Noch dazu ist er ein wahrhaftiges »Grischperl«, wie die Dörfler ihn wohl beschreiben würden, ein Strich in der Landschaft, nicht einmal ein Strich, eher eine kurze, dünne Linie.

Genug gelästert. Die Unterhaltung mit Luba hat nicht sehr lange gedauert, nicht einmal dreißig Minuten. Es ist kurz vor ein Uhr. Ich verspüre ein leises Kribbeln im Magen, das Jagdfieber hat mich endgültig gepackt. Ich werde nicht aufgeben, ehe ich den Schuldigen hinter Schloss und Riegel sehe. So war ich Spichtinger heiße! Und wenn ich ein Jahr hier im Dorf verbringen muss. Hm, na, so lange wohl denn doch nicht. Dann eben: Und wenn ich noch eine Woche hier verbringen muss.

Ich vergrabe meine Hände tief in meinen Manteltaschen und gehe Richtung Hubertus, wo ich mit Helbich verabredet bin. Vor oder beim Essen will ich noch ein paar Worte mit Leni wechseln. Und vielleicht ein kleines Bier trinken.

Während ich gegen den eisigen Wind ankämpfe, lasse ich mir die Geschehnisse des Morgens noch einmal durch den Kopf gehen. Emil Luba wirkte angespannt und nervös, als ich ihn auf Frau Liebling angesprochen habe. Irgendetwas schien ihm zuzusetzen. Hm. Was soll ich daraus schließen?

Ich schlage den Weg ein, der hinter der Kirche am Friedhof entlangführt. Langsam und bedächtig setze ich einen Fuß vor den anderen, um nicht in eines der vom Regen gefüllten Schlaglöcher zu treten.

So sehr ich auch versuche, mich auf die Mordfälle zu konzentrieren: Meine Schritte werden kraftvoller, und ich schreite beinahe munter den Weg entlang. Bis ich in eine tiefe Pfütze tapse, die ich in meinem stolzen Eifer übersehen habe. Meine Schuhe und Socken sind patschnass. Oje! Jetzt aber schnell ins Warme, sonst hole ich mir noch eine saftige Grippe!

Der Weg zum Hubertus ist lang. Zwanzig Minuten brauche ich, bis ich endlich durch die breite Holztür trete. Leni ist nicht an der Rezeption. Ein leises Gemurmel aus der Richtung des Restaurants verrät mir, wo ich sie finden kann.

Der Raum ist gut gefüllt. Ein Teil der Anwesenden scheint aus der Stadt zu kommen. Sie trägen grüne Jagdklamotten und haben nicht einmal hier ihre Hüte abgenommen. Jeder von ihnen hat eine Halbe Bier vor sich stehen. Helbich ist nicht in Sicht. Leni ist wohl in der Küche. Aus dem Radio hinter dem Tresen ertönt die warme Stimme Hansi Hinterseers, der schmachtend eine verlorene Liebe besingt.

Ich denke an Emil Luba und Frank Huber, die wahrscheinlich nur sehr selten ausgehen. Wie kann man in solch einem Dorf eine Liebe zwischen zwei Männern leben? Irgendwie habe ich Mitleid mit den beiden. Julia Lieblings

Freundschaft mit Emil Luba hat sicher jetzt die Eifersucht Hubers geweckt. Oder wusste er schon vorher davon? Was, wenn er seinen Partner nur angezeigt hat, um von seiner eigenen Schuld abzulenken? Vielleicht hatte er die beiden zusammen gesehen und war durchgedreht? Hatte gewartet, bis Julia Liebling allein war, hat sie niedergeschlagen und dann, im Blutrausch, die beiden anderen Frauen ermordet ... eine vielversprechende Spur. Als Holzhauer fehlt es ihm nicht an Kraft. Oft sind es die Mörder, die mit der Polizei in Kontakt treten, um die Aufmerksamkeit auf andere zu lenken. Das habe ich in mehreren Filmen gesehen. Aber hier sind wir nicht in einem Film, das ist das wirkliche Leben. Frank Huber könnte der Mörder sein, das stimmt. Andererseits scheint er sich ernsthaft Sorgen um seinen Partner zu machen. Es sei denn, er hat mir etwas vorgespielt. Sehr wahrscheinlich ist das nicht. Ein Holzhauer als begabter Schauspieler, der Unruhe, Besorgtheit und Schwäche vorgibt, um einen Polizisten auf die falsche Fährte zu locken? Hm.

Ach, wenn du nur wiederkämst
Ich würd' dich lieben, Tag und Nacht
Wenn du nur wiederkämst

Leni taucht hinter dem Tresen auf und nickt mir zu. Ich bestelle ein Bier. Die Stimmen der anwesenden grünen Stadtbewohner werden plötzlich lauter. Hansi Hinterseers Stimme verliert sich, bald hört man nicht einmal mehr die Klänge des Synthesizers, der die Melodie des Liedchens vor sich hin stöhnt.

»Meine Tochter geht mir nicht mehr aus dem Haus!«, brüllt einer.

»Und die Bullen, was machen die? Sitzen auf ihrem faulen Arsch rum! Des sind doch alles Pfeifen!«

Die letzten Worte werden von einem Individuum geäußert, das mit den Rücken zu mir am Tresen sitzt. Doch ich weiß genau, dass er mich provozieren möchte. Das hättest du wohl gerne, Dörfler! Ich bewahre stoische Ruhe.

»Angeblich sind sie ja sicher, dass es der Ernst war. Aber warum rennen sie denn dann noch immer hier in der Gegend rum? Und der Steuerzahler ist wie immer der Blöde, der diesen Leuten auch noch den Urlaub finanziert. Ein Skandal ist das!«

»Ich frag mich ja, unter welchen Bedingungen die den Ernst festhalten? Haben die in Oberviechtach überhaupt eine gescheite Zelle? Mir hat der Hintermeier erzählt, dass da nicht mal ein richtiges Bett drin ist. Und der muss es ja schließlich wissen, so oft wie der schon zur Ausnüchterung drin war.«

»Überall stöbern sie umeinander. Stellt's euch vor: Bei mir waren sie sogar im Garten! Als ob ich da eine Leiche vergraben hätte!«

»Wer weiß?«

»Das nimmst du sofort zurück!«

»Was soll ich zurücknehmen?«

»Das was du grad gesagt hast!«

»Was hab ich grad gesagt?«

»Du hast angedeutet, dass ich vielleicht eine Leiche im Garten vergraben hab!«

»Ja und? Das mit der Lisl. Das kannst sehr gut du gewesen sein. Hast doch schon seit Langem ein Auge auf sie geworfen gehabt, auf die Kleine. Stimmt's oder hab ich recht, Sepp?«

Der angesprochene Sepp erhebt sich mit leichten Schwierigkeiten von seinem Stuhl und wankt in Richtung seines

Gesprächspartners. Er hebt drohend die Faust, hat jedoch ganz entschieden zu große Mühe, das Gleichgewicht zu bewahren, als dass seine Geste wirklich angsteinflößend wirken könnte. Ein anderer nimmt ihn beim Arm und führt ihn an seinen Platz zurück.

»Wenn jeder, der die Lisl hat vögeln wollen, ein Mörder wär, dann würde das halbe Dorf im Kittchen sitzen, das sag ich euch«, tönt ein weiterer. Eine Lachsalve quittiert diese Feststellung.

»Wenn wir in der Stadt selber für Gerechtigkeit sorgen dürften, dann wäre die Sache schon längst geregelt. Mit meiner Doppelflinte hätte ich dem Burschen eine draufgebrannt. Der hätte sich seinen Lebtag auf keine Wirtshausbank mehr setzen können. Und das wäre die schlimmste Strafe für den Kerl.«

Ein blonder Riese am Tisch posaunt: »Eins ist klar, der Ernst wird seine Klappe halten. Aus dem bekommen die nix raus!« Nochmaliges Lachen.

Sie würden nicht zögern, ihren Dorfgenossen ohne weitere Umstände am nächsten Baum aufzuknüpfen, aber im Grunde sind sie stolz, dass er sich so hartnäckig der polizeilichen Gewalt widersetzt – ich habe diese Tatsache schon länger bemerkt.

»Ich würde ihn schon zum Reden bringen!«, prahlt einer. »Einfach bei uns im Zerwirkraum aufhängen und dann langsam ausnehmen, wie den Mordsrehbock gestern. So hoch hat er aufgehabt.« Er hebt die flache Hand über den Tisch, um eine Höhe von etwa dreißig Zentimetern anzudeuten. »So einen Bock habt ihr noch nicht gesehen! Auf der Stelle ist er umgefallen. Glatter Blattschuss auf über hundertfünfzig Meter. Und dieses Viech ist noch nicht mal still gestanden.« Spöttisches Gelächter.

»Hoho! Das viele Bier lässt unseren Rudi mal wieder doppelt sehen. Ich wette, das war ein Jährling, ein kleiner Spießer, dem du auf dreißig Metern das Rückgrat angeschossen hast. Und deine Frau hat ihn dann mit den Hunden gesucht, um ihm den Gnadenschuss zu geben!«

Eine enorme Lachsalve donnert durch den Raum. Die Kerle lachen, bis ihnen die Tränen die Wangen hinab laufen. Langsam beruhigen sie sich, einige haben Schluckauf, seufzen, so sehr haben sie sich bei diesem Lachanfall verausgabt.

Der mit Rudi Angesprochene bestellt eine Runde Schnaps für alle. Die Gemüter haben sich beruhigt. Mein Blick schweift zur Uhr. Halb zwei. Keine Spur von Helbich. Mein Bierglas ist leer. Meine Augen suchen Leni, doch sie hat bereits vor mir die Lage erkannt und nähert sich mit einem vollen Glas.

Das Restaurant leert sich nach und nach. Während ich genussvoll mein zweites Bierchen schlürfe, wandern meine Gedanken von Emil Luba über den Bürgermeister zum Baron. Letzterer hält sich absolut im Hintergrund. Ich denke an Ernst Lieblings Bemerkungen über die früheren, obskuren Tätigkeiten des Barons im Regensburger Rotlichtmilieu. Hatte ihn seine Vergangenheit wieder eingeholt? Oder ist er nie aus dem Zuhältergeschäft ausgestiegen? Welche Rolle spielt Anna Winter in diesem Spiel? Wie hatte sie es geschafft, sich vom Status einer Bardame oder was auch immer zu dem einer Landratsgattin emporzuheben?

Leni reißt mich aus meinen tiefen Überlegungen. Sie baut sich vor mir auf. »Wo stehen Sie denn mit Ihren Ermittlungen? Sind Sie wirklich sicher, dass es der Ernst war?«

»Darüber kann ich Ihnen leider nichts sagen. Halten Sie ihn denn für schuldig?«

»Ich? Ach ich ... Wissen Sie, ich halte mich da raus ...«

»Aber Sie hören hier doch einiges. Können Vermutungen anstellen. Sie kennen die Mentalität der hiesigen Bevölkerung.«

»Das kann man sagen. Ich kenne die Mentalität so gut, dass ich nichts damit zu tun haben will.«

»Wieso denn nicht?« Ich lade sie ein, Platz zu nehmen. Leni setzt sich.

»Sehen Sie, der Ernst hatte eigentlich nie eine Chance. Ich hab Ihnen ja schon erzählt, dass er ein Zugereister ist. Als solcher bleibt man hier immer außen vor. Ich bin hier geboren, aber meine Großmutter ist Sudetendeutsche. Zu Schulzeiten hat man mich als ungläubige Heidin und als ›Nackerte‹ bezeichnet, die nichts hat und nichts taugt. Wie soll man sich in so einer Gemeinde wohlfühlen?«

»Ja, das ist wirklich ungerecht«, stimme ich zu.

»Da war ich ganz froh, als man mir vor ein paar Jahren eine Stelle als Bedienung in Weiden angeboten hat. Endlich raus aus diesem Nest, hab ich mir gesagt. Aber wenn man seine ganze Kindheit hier verbracht hat, dann ist man gebrandmarkt, glauben Sie mir. Man kann gar nicht mehr anders. Ob man will oder nicht, man ist ein Schönseer. Das steckt tief drin. Ich hab's in Weiden auch nicht ausgehalten. Bin wieder zurück hierher. Und hier halt ich es auch nicht aus. Über kurz oder lang lande ich sowieso im Irrenhaus ...«

»Aber was lässt Sie denn nicht los? Wieso können Sie Ihre Vergangenheit nicht einfach überwinden? Woanders neu anfangen?«

»Ich kann es Ihnen nicht wirklich erklären. In Weiden war es so, dass ich mich nach der Einsamkeit hier gesehnt habe. Nach dem Wald. Nach den sturen Blicken der Einheimischen. Dem unfreundlichen ›Noch was?‹ in den Läden. Vollkommen irrational. Weiden ist ja keine große Stadt, aber sie ist deutlich weltmännischer, offener als die Dörfer in der Gegend. Ich hab diese Freiheiten nicht ertragen. In Schönsee kennt jeder jeden. Wenn einer einen Furz lässt, riecht man das am anderen Stadtende. Es ist unerträglich, aber trotzdem komm ich einfach nicht davon los.«

»Da muss es doch furchtbar sein, wenn man nicht – sagen wir – nicht normal ist?«, frage ich.

»Was wollen Sie damit sagen? Glauben Sie, ich bin nicht normal?«, entrüstet sich Leni.

»Nein, um Gottes willen! Ich dachte da eher an Emil Luba ...«

»Den ehemaligen Metzger?«

»Ja, genau.«

»Ja, der hat's nicht leicht. Aber ich hör auch nur, was man sich so erzählt ...«

»Und was erzählt man sich so? Zum Beispiel über sein Verhältnis mit Julia Liebling?«

»Das wissen Sie? Na, Sie haben ja schon gut recherchiert. Obwohl, andererseits, das ganze Dorf war auf dem Laufenden ... der Einzige, der wahrscheinlich nichts davon gewusst hat, war der Frank. So ist es ja meistens. Wenn der Frank gewusst hätte, dass der Emil mit der Jule ... also, da garantier ich für nichts mehr ...«

»Sie meinen, dass er Julia Liebling hätte umbringen können?«

»Das hab ich nicht gesagt! Ich meine, dass er auf jeden Fall sauer gewesen wäre. Das könnte man ja auch verstehen.«

»Hm, ja. Wissen Sie, wie lange Frank Huber und Emil Luba bereits zusammenwohnen?«

»Noch nicht so lange. Drei Jahre ungefähr, glaub ich.«

»Wie haben die Einheimischen reagiert, als die beiden zusammengezogen sind? Das muss doch ein ziemlicher Skandal gewesen sein, oder?«

»Das kann man laut sagen! Beide waren recht angesehene Leute im Dorf. Der Huber war Vorsitzender vom Waldbauernverein, und der Luba hat den Kirchenchor geleitet. Die Weiber im Kirchenchor haben einen Aufstand angezettelt, bis der Luba schließlich alles hingeschmissen hat. Beim Frank war's ähnlich, nur ein bisschen diskreter. Sie haben halt einfach die Neuwahlen vom Vorstand ein Jahr vorgezogen und einen andern Vorsitzenden gewählt. Dann haben sie irgendeinen Grund erfunden, um den Frank rauszuekeln.«

»So ähnlich hatte ich mir das fast vorgestellt. Aber wissen Sie, wie es dazu kam, dass sich Emil Luba und Julia Liebling näherkamen?«

»Mei, ich denke, dass das zufällig passiert ist. So genau weiß ich das nicht, aber solche Sachen geschehen ...«

Sie zwinkert mir verschwörerisch zu, und ich merke, wie mir das Blut ins Gesicht steigt. Schnell wechsle ich das Thema. »Wissen Sie, wo die beiden sich getroffen haben?«

Leni neigt sich über den Tisch und flüstert: »Man erzählt sich, dass sie sich immer hinter dem Köckenweiher getroffen haben. Nicht weit von der Stelle, wo man die Jule gefunden hat. Immer spät abends. Der Huber geht früh ins Bett, der hat nie was gemerkt. Die Jule war total verschossen in den Kerl, sagen die Leute, sie hat sich tausend Sachen ausgemalt. Sie wollte nicht wahrhaben, dass der Luba schwul ist ...« Leni lächelt. Sehe ich da nicht ein wenig Schadenfreude in ihren Augen blitzen?

Ich mustere die Bedienung. Ihre braunen Locken umrahmen ihre zu vollen, zu rosigen Backen. Ihre Augen sind gelbbraun, zwei Knöpfe auf weißem Untergrund. Sie erscheint mir hässlich, ihre Hässlichkeit greift mich nahezu an und dennoch … Sie verwirrt mich, wirbelt meine Gedanken durcheinander, ich kann kaum noch klar denken.

Ich nehme einen letzten Schluck aus meinem Glas und erhebe mich. »Ich muss los!«, sage ich ohne weitere Erklärung. »Vielen Dank für Ihre Hinweise. Mit diesen Worten eile ich aus dem Raum.

Der Wind beißt mir ins Gesicht, als ich ins Freie trete. Wo bleibt Helbich nur? Ich zücke mein Handy und tippe seine Nummer.

Helbich.«

»Hier Spichtinger.«

»Ah, Spichtinger. Wo sind Sie denn gerade?«

»Im Hubertus, so wie wir ...«

»Ich bin noch in einer Unterredung mit Bürgermeister Schmidt, das wird noch etwas dauern. Kommen Sie doch am besten nachher zum Rathaus, ja?« Er legt auf.

Was tun? Es regnet schon wieder oder noch immer, der Wind weht unverdrossen. Meine Laune passt zum Wetter: mies. Nichts läuft so, wie ich es mir vorgestellt habe. Eigentlich wollte ich den Baron heute Morgen verwirren, ihn in Widersprüche verwickeln, ich hätte gewollt, dass er lügt und dass ich ihn mit einer meiner Trumpfkarten dabei ertappen kann. Aber nein, er hat mich geschickt ausgekontert! Ich wünsche mir von ganzem Herzen, dass Johannes Haberl der Mörder ist, obwohl ich den ehemaligen Bordellbesitzer nicht für schuldig halte, er ist ganz einfach ein abscheulicher, aalglatter Kerl!

Irgendwie ist es schon seltsam. Seit ich in diesem Fall ermittle, beweise ich immer wieder, dass ich für den Beruf des Kriminalkommissars wie geschaffen bin, meine Nase deckt manche Ungereimtheit auf. Zugleich aber wird in mir eine Stimme lauter, die mir einflüstert, wen ich mag und wen nicht, und die auf diese Weise meine Untersuchungen und Gespräche stark beeinflusst. Aber anstatt mich dieser Stimme zu widersetzen, gebe ich nach, ja, ich will sozusagen meinen Mörder auf einer Karte auswählen.

Trotz meiner klaren Sympathie für Ernst Liebling, den

Hauptverdächtigen, verspüre ich jedoch eine enorme Wut über sein Verhalten mir gegenüber. Ich war recht stolz und zufrieden, dass ich in unseren beiden Unterhaltungen ein vertrauliches Klima schaffen konnte. Er hatte nicht nur darauf verzichtet, mir die Faust ins Gesicht zu schlagen, Liebling hatte mir sogar einige Geständnisse gemacht, die offensichtlich ernst und aufrichtig waren.

Warum also hat er mir nichts von der kleinen Rente erzählt, die ihm Anna Winter regelmäßig überwiesen hat? Auch Ernst Liebling gibt nur die halbe Wahrheit preis. Ich koche innerlich, als ich den Berg zur Tennishalle hinabstiefele.

Ich entscheide mich, noch einmal den Fundort Lisa Kühners zu erkunden. Die Suchtrupps haben das Gelände zwar schon durchkämmt, und ich glaube nicht, dass ich Neues entdecken werde, aber ich möchte mir ein Bild vom Geschehen machen, ganz so, wie es mich meine literarischen Vorbilder gelehrt haben.

Ich gehe am Parkplatz vor dem Hubertus vorbei, folge dem Weg zum alten Bahnhof. Hinter der Tennishalle sind die Absperrbänder schon wieder beseitigt. Ein paar Blumensträuße erinnern an die schreckliche Tat, die hier verübt worden ist. Ein Schauder läuft mir den Rücken hinunter. Es muss furchtbar sein, hier umgebracht zu werden, auf einmal einen Schatten hinter sich zu spüren, den kalten Atem des Mörders, ein letzter Schrei und dann … »Ahhh!!« Etwas streift meinen Fuß. Uff. Nur eine streunende Katze.

Ich beuge mich nach vorne und untersuche den Boden. Meine Kollegen haben Spuren hinterlassen. Ich finde einige Zigarettenstummel und eine Packung von Hausers bevorzugter Marke. Das Gras entlang der Mauer der Tennishalle ist zertreten. Ich denke an die arme Lisa, vor meinem inneren Auge erscheint einen kurzen Augenblick lang ihr kalter, verstümmelter Körper, den ich gestern gesehen habe. Der aufgeschlitzte Hals, die verstümmelten Geschlechtsteile. Wer war zu einer solchen Gräueltat fähig? Ernst Liebling? Ich will es nicht glauben. Der Bürgermeister? Der Baron? Obwohl mir diese beiden Gestalten äußerst unsympathisch sind, kann ich mir nur schwer vorstellen, dass sie der kleinen Lisa hinter einer Tennishalle auflauern, um sie umzubringen. Der Baron selbst ist zu dick, unmöglich, das Mädchen wäre ihm sicher davongelaufen. Auch der Bürgermeister ist nicht mehr in bester körperlicher Verfassung. Nur ein Auftragsmord käme da infrage. Und was ist mit Emil Luba? Nein, ein Gefühl in der Magengegend sagt mir, dass er es nicht war. Soll ich diesem Gefühl Vertrauen schenken?

Ich bin so sehr in meine Überlegungen vertieft, dass ich unbemerkt am alten Bahnhof vorbeigewandert bin und mich nun an der Stelle befinde, wo der Radweg nach Oberviechtach – die alte Bahnstrecke – beginnt. Ein kleines Schildchen ist an der Holzwand des ehemaligen Bahnhofsgebäudes angebracht:

Auf der Linie Schönsee – Nabburg:
Personenverkehr bis 1973
Güterverkehr bis 1995.
Seit 1995 ist die Bahnstrecke stillgelegt.

Der schmale Kiesweg führt weiter zwischen eine Reihe von Büschen. Ich nähere mich den Büschen, weiß nicht recht, was ich hier überhaupt mache.

Da erblicke ich vor einem der Büsche plötzlich einen dunklen Fleck. Er sieht aus wie ein Teil eines toten Tieres.

Ich trete näher und beuge mich vor. Es ist eine zernagte Pfote. Vermutlich das Werk eines Fuchses. Ich strecke meine Hand aus, um sie anzulangen, und schrecke sogleich entsetzt zurück. Die Pfote ist glitschig und blutverschmiert. Eine dunkle Spur führt unter das Gebüsch. Ich folge ihr mit den Augen. Der Schrei erstickt mir in der Kehle. Unter den Ästen liegt ein kleiner brauner Hund mit weit offenen Augen auf der Seite. Ein Cockerspaniel. Sein Kopf ist in einem seltsamen Winkel verdreht, und das Fell blutdurchtränkt. Sein Magen ist geöffnet und die Innereien unter dem Busch verteilt. Als ich genauer hinsehe, bemerke ich, dass der Kopf vom Rumpf abgetrennt ist und lose neben dem Körper liegt. Was den Todeszeitpunkt angeht, so deutet der allgemeine Zustand der Überreste des Hundes darauf hin, dass dieser schon länger zurückliegt.

Mir wird übel. Ich würde mich am liebsten hinsetzen, aber dann packt mich die Angst. Wer hat diesen Hund getötet? Nur ein paar Meter von Lisas Fundort entfernt. Das kann doch kein Zufall sein! Ich blicke mich hastig um. Niemand ist in der Nähe. Nur ein Wohnhaus ist in Sichtweite. In der Nacht kann man hier ohne Weiteres ungestört einen Hund verscharren.

Ein Cockerspaniel. Tod seit mehreren Stunden, wenn nicht Tagen. Ein Cockerspaniel namens Benno, der verschwunden ist. Langsam aber sicher laufen die Fäden zusammen. Es muss sich um Emil Lubas Hund handeln. Mit zitternden Fingern wähle ich Helbichs Handynummer.

»Helbich.«

»Hier Spichtinger. Ich …«

»Schon wieder?«

»Ich habe die Leiche eines Hundes gefunden!«, rufe ich.

»Sie haben die Leiche eines Hundes gefunden«, wiederholt der Chef. »Wann ist denn die Beerdigung? Ich habe leider meinen schwarzen Anzug zu Hause vergessen, aber die Familie des Hundes wird mir verzeihen, wenn ich in einfachen Kleidern zur Zeremonie komme, nicht wahr?«

Helbich verkennt ganz offensichtlich den Ernst der Lage.

»Der Kadaver liegt nur fünfzig Meter von der Stelle entfernt, an der Lisa Kühner gefunden wurde«, versuche ich zu erklären.

Mein Chef wird aufmerksam. »In der Nähe der Turnhalle?«, fragt er.

»Bei der Tennishalle, ja«, antworte ich.

Helbich überlegt kurz. »Gut. Ich komme sofort. Sie hören sich ja ganz fertig an, Spichtinger. Kommen Sie! Nur ruhig bleiben. Haben Sie denn noch nie einen toten Hund gesehen?«

Ich mache mich daran, ihm den entsetzlichen Anblick zu beschrieben. Aber Helbich unterbricht mich: »Ja, ja. Ich werde ihn noch früh genug sehen. Welche Rasse ist es denn?«, erkundigt er sich.

»Ein kleiner brauner Hund mit langen Ohren. Ein Cockerspaniel, nehme ich an«, antworte ich.

»Ein Cockerspaniel? Das könnte der Hund vom Luba Emil sein«, erwidert der Chef nachdenklich. »Dem ist doch der Hund entlaufen. Und er hatte einen braunen Cockerspaniel. Aber wieso sollte man den umbringen? Ich komme sofort.«

Ein paar Minuten später rauscht der Audi heran. Helbich und Bürgermeister Schmidt steigen aus. Was will der denn hier? Er gibt mir kurz die Hand.

»Wo liegt der Hund?«, fragt Helbich, ohne näher auf die Anwesenheit des Bürgermeisters einzugehen.

Ich zeige auf den Busch, unter dem ich den toten Hund entdeckt habe.

»Benno!«, ruft Schmidt. »Das ist der Benno! Der Hund vom Luba Emil.«

Wir sehen uns gegenseitig an. Was tun? Was macht man mit einem toten Hund? Bei einer menschlichen Leiche ist das Prozedere klar, aber bei einem Hund? Die Nähe zum Tatort, der Zustand des Körpers, all das deutet darauf hin, dass der Hund etwa zur selben Zeit wie Lisa Kühner umgebracht wurde. Dazu kommt die Zeugenaussage Frank Hubers, wonach der Hund seit der Mordnacht verschwunden war. Mein Puls beschleunigt sich. Das würde bedeuten, dass ... ja, das heißt, dass Emil Luba in der Mordnacht hier vorbeigekommen ist. Es sei denn, der Mörder hat den Hund entführt, um ihn hier umzubringen, aber das ist doch ziemlich unwahrscheinlich.

Der Chef entscheidet sich, die Spurensicherung zu rufen. Das Gesicht des Bürgermeisters hat einen grünlich-gelben Ton angenommen, gleich übergibt er sich. Helbich wirkt leicht gereizt. Meine Entdeckung scheint ihm nicht in den Kram zu passen. Während wir auf die Ankunft der Spurensicherung warten, nimmt er mich ins Kreuzverhör: »Emil Luba, das ist doch der ehemalige Metzger, den Sie heute Vormittag verhört haben?«

»Ja, genau.«

»Haben Sie ihn denn nicht zu dem Verschwinden des Hundes befragt?«

Auweia, da sitze ich fein in der Patsche. Wie rede ich mich da jetzt raus? Ich versuche es mit der Wahrheit: »Ich habe leider versäumt, Emil Luba persönlich danach zu fragen und ...«

»Sie haben es versäumt, ihn persönlich zu fragen? Ich

will gar nicht wissen, was Sie sonst noch alles versäumt haben, Spichtinger!« Helbichs Stimme steigt um eine Oktave.

»Naja, immerhin habe ich den Hund ja doch gefunden«, verteidige ich mich.

Helbich wendet sich grummelnd ab. Meine Antwort hat seine Angriffsstrategie zunichte gemacht. Wenig später treffen der Fotograf und zwei Leute von der Spurensicherung ein. Sie sperren den Bereich weiträumig ab und stellen Stehlampen auf, die das Gebüsch in helles Licht tauchen. Es ist zwar erst halb drei Uhr nachmittags, aber das Tageslicht scheint schon zu schwinden.

Helbich tippt mir von hinten auf die Schulter. Ich zucke zusammen.

»Nicht so schreckhaft, Spichtinger! Schmutzige Angelegenheit. Der Mörder von Lisa Kühner hat vermutlich hier in den Büschen gelauert. Der Hund hat ihn gerochen und, um ihn zum Schweigen zu bringen, hat er ihn um die Ecke gebracht.«

Ich drehe mich langsam zu Helbich um und nicke. Ja! Er hat absolut recht! So muss es gewesen sein. Diese Theorie entlastet zumindest zum Teil Emil Luba, denn er würde kaum seinen eigenen Hund umbringen. Oder? Nein. Wahrscheinlich kam der ehemalige Metzger hier zufällig in der Mordnacht vorbei – Genaueres wird er uns noch sagen – und hat dann am nächsten Morgen von dem Mord erfahren. Aus Angst, verdächtigt zu werden, hat er sich nicht gemeldet. Das ist einleuchtend. Wer aber ist der Mörder? Es ist möglich, dass er im Gebüsch Spuren hinterlassen hat. Zigarettenstummel vielleicht, oder Fußabdrücke. Allerdings hat es in den letzten Tagen ständig geregnet. Falls es Spuren gab, so sind sie sicherlich verwischt worden.

»Ich glaube, dass der Hund den Mörder kannte«, fügt Helbich hinzu.

»Wieso?«, frage ich verwundert.

»Ich stelle mir den Ablauf so vor. Der Mörder weiß, dass Lisa Kühner hier vorbeikommen wird, oder er hat sich mit ihr verabredet. Er versteckt sich im Gebüsch und wartet. Der Zufall will es, dass Emil Luba mit seinem Benno hier spazieren geht. Der Hund läuft seinem Herrchen einige Meter voraus, wie das so häufig der Fall ist. Luba oder wie er heißt macht sich keine Sorgen, geht gemütlich weiter, aber sein Hund ist verschwunden. Er weiß nicht, dass der Mörder im Gebüsch sitzt, und er wird dort auch nicht suchen, weil Benno nicht gebellt hat. Verstehen Sie? Der Hund hätte doch sicher zu bellen angefangen, wenn er die versteckte Person nicht gekannt hätte. Dann wäre Luba misstrauisch geworden. So aber hat der Mörder vorsichtshalber den Hund umgebracht, der ihn wahrscheinlich schwanzwedelnd beschnuppert hat.«

Ich bin beeindruckt. Genau so muss es sich abgespielt haben. Einen Einwand habe ich aber doch: »Eines aber dürfen wir nicht übersehen.«

»Was denn?«

»Wir wissen noch nicht, ob der Hund in derselben Nacht gestorben ist wie Lisa Kühner.«

Helbich macht eine abwertende Handbewegung. »Wann denn sonst?«

Im Hintergrund ist die Polizeiarbeit in vollem Gange. Fotoapparate blitzen auf, kurze, hastige Kommandos werden erteilt, kleine Plastiksäckchen gehen von Hand zu Hand. Ich sehe interessiert zu.

»Spichtinger!«

»Jawohl, Chef!«

»Ruhen Sie sich gut aus? Wollen Sie sich nicht lieber ins Wageninnere setzen? Das Blech ist als Rückenlehne doch bestimmt nicht besonders bequem.«

»Ich habe nur kurz nachgedacht ...«

»Hervorragend! Dann machen Sie sich jetzt mal Gedanken, wie Sie auf dem schnellsten Wege diesen alten Metzger zum Verhör nach Oberviechtach schaffen. Ich will, dass dieser Kerl in einer halben Stunde wimmernd auf einem der Stühle im Büro sitzt. Botschaft angekommen?«

»Absolut.«

Er macht auf dem Absatz kehrt und lässt mich allein neben dem Wagen stehen. Im Hintergrund sehe ich unseren Zivilvolvo mit Pete am Steuer. Helbich kriecht auf den Beifahrersitz. Der Volvo macht kehrt und fährt davon. Ich klemme mich hinter das Steuer des Audis. Helbich hat recht. Luba muss so schnell wie möglich befragt werden. Ich freue mich darauf, diesem verhinderten Intellektuellen noch einmal auf den Pelz zu rücken.

Als ich vor dem Häuschen des ungewöhnlichen Pärchens ankomme, brauche ich nicht einmal zu klingeln. Noch ehe ich bis zur Haustür gekommen bin, wird die Tür geöffnet. Frank Huber sieht mich fragend an.

»Haben Sie etwas Neues herausgefunden?« Seine Stimme zittert ängstlich.

»Das kann man wohl sagen«, antworte ich bestimmt. »Ich muss Ihren Freund bitten, mich in das Rathaus zu begleiten. Ist er hier?«

»Ja, ich bin hier.« Emil Huber taucht in der Tür zum Wohnzimmer auf. Er trägt einen Pyjama. »Ich stehe gleich zu Ihrer Verfügung. Ich werde mir nur kurz andere Sachen anziehen«, sagt er und steigt die Treppe zur ersten Etage hoch.

Frank Huber betrachtet mich unsicher. Seine rechte Hand, die sich auf die kleine Schuhkommode in dem Vorraum stützt, zittert.

»Ist es schlimm?«, flüstert der Holzhauer heiser.

Eigentlich will ich ihn beruhigen. Seine Sorge geht mir wirklich ans Herz. Andererseits will ich die Dramatik der Situation nicht beeinträchtigen. Ich genieße die Spannung, die in der Luft liegt, die Aufregung, die mir wie eine kalte Hand auf die Brust drückt. Daher erwidere ich mit einem angedeuteten Kopfnicken. Huber fährt zurück wie vom Blitz getroffen. Ein »Oh Gott« entfährt ihm. Er wird blasser und blasser. Zum Glück ertönen bereits wieder Schritte auf der Treppe. Einen Augenblick später steht Emil Luba vor seinem Freund. Er wirft ihm einen langen Blick zu.

»Mach dir keine Sorgen, Frank«, sagt der kleine Mann sanft. »Ich habe diese drei Frauen nicht umgebracht. Der Herr Kommissar ist hier wegen Benno, nehme ich an.« Er sieht mir gerade in die Augen. Ich nicke.

»Aber was ist denn mit dem Benno?«, schluchzt Huber, der seine Gefühle nicht mehr zurückhalten kann. Ich fühle mich sehr unwohl.

»Ich erkläre dir das, wenn ich wieder zurück bin. In einer Stunde vielleicht.« Das »Vielleicht« richtet sich an mich. Ich zucke mit den Schultern. »Schwer zu sagen, wie lange es dauern wird.«

Die Fahrt nach Oberviechtach ist kurz. Emil Luba hat auf dem Rücksitz Platz genommen und sieht aus dem Fenster. Wir legen die Kilometer schweigend zurück. Ich parke den Wagen direkt vor der Eingangstür der Polizeiinspektion.

Emil Luba folgt mir gehorsam in den ersten Stock. Ich biete ihm einen der beiden Stühle in unserem Vernehmungsbüro an, und er setzt sich dankend. Das Schweigen liegt wie Blei in der Luft. Helbich und die anderen sind noch nebenan. Wie soll ich diese eisige Stille brechen? Du bist Polizist, Spichtinger! Es ist deine Aufgabe, die Personen zum Sprechen zu bringen. Andererseits will ich nicht mit dem Verhör beginnen, ehe mein Chef anwesend ist. Aber ich könnte Luba etwas zu trinken anbieten und so das Eis zum Schmelzen bringen!

»Möchten Sie etwas trinken? Einen Kaffee, ein Mineralwasser?«

»Nein, danke.«

Hm, sehr viel hat das nicht gebracht. Luba hat die Arme vor der Brust verschränkt und sieht zu Boden. Ich begebe mich hinter den Schreibtisch und krame in den Papieren, die darauf verteilt liegen, ohne besondere Absicht, einfach nur, um meine Finger zu beschäftigen und um wenigsten ein leises Geräusch zu verursachen, das die peinliche Stille vertuscht. Nachdem ich denselben Haufen Papier dreimal hin- und hergeschoben habe, fällt mein Blick auf einen kleinen Notizblock, der unter einem Blatt verborgen war. Hausers Notizblock, in dem er sämtliche seiner brillanten Erkenntnisse festhält. Ich lausche, ob ich Schritte im Gang höre. Nichts. Dann schlage ich den Block auf.

Nichts Besonderes auf den ersten Seiten. Hauser hat ein erstaunliches System. Links oben markiert er jeweils das Datum. Darunter macht er eine Spalte mit den Uhrzeiten. Rechts daneben notiert er die jeweiligen Arbeiten oder Ereignisse. Dies sieht dann so aus.

Mo, 7.11.	Anruf aus Schönsee (Entg. v. PV)
10.35	Fund von Leiche in Hotel Hubertus (Anruferin gibt sich als Bedienung im genannten Hotel aus, verifizieren!)
10.55	Ankunft in Schönsee (Sp. a. St.)
	Leiche definitiv ermordet
	Bedienung definitiv Bedienung
	Opfer – Anna Winter – Gattin des Landrats Winter

usw.

Ich brauche ein paar Minuten, bis ich darauf komme, was die Bemerkungen in Klammern bedeuten sollen. Erstere ist leicht zu erraten. Entgegengenommen von Peter Völkl. Zweitere bereitet mir mehr Kopfzerbrechen. Dann aber trifft es mich wie der Blitz. Spichtinger am Steuer. Ich schlage mit der Faust auf die Tischplatte. Luba hebt erstaunt den

Kopf. Ich wusste schon immer, dass Hauser nicht ganz sauber ist, aber dass er so weit geht, sogar zu notieren, wer jeweils den Wagen fährt, hätte ich nicht gedacht.

Ich blättere die Seiten durch. Es gibt kaum Punkte, die ich nicht selbst schon kenne. Auf einmal stoße ich auf ein fast leeres Blatt. Ein einziger Satz steht darauf geschrieben:

LIEBLING ERPRESSTE ANNA WINTER!!!

Hauser kennt also schon Details aus dem Gespräch, das Helbich und ich vor ein paar Stunden mit dem Baron geführt haben. Eines ist sicher: Für meine beiden Kollegen kann es keinen Zweifel mehr an Lieblings Schuld geben. Selbst ich neige inzwischen dazu, ihm die Tat zuzutrauen.

Schritte und Stimmen auf der Treppe. Schnell schlage ich den Block zu und verstecke ihn wieder unter dem Blatt Papier. Keine Sekunde zu spät, die Tür geht auf und Helbich und der Besitzer des Notizblocks, Hauser, treten ins Zimmer.

»Guten Tag, Herr Luba«, sagt der Chef. »Mein Name ist Helbich. Ich leite die Ermittlungen in den Mordfällen Winter, Kühner und Liebling. Dies ist mein Kollege Hauser. Herrn Spichtinger kennen Sie ja schon.« Emil Luba nickt wortlos.

»Man hat uns gesagt, dass Sie einen Hund besitzen, Herr Luba. Um welche Rasse handelt es sich?«

Helbich steht mit dem Rücken zu Luba, der ruhig in der Mitte des Raumes sitzt, die Beine sorgfältig übereinandergeschlagen. Hauser hat einen weiteren Stuhl aus einem Nebenraum mitgebracht und in einer Ecke Platz genommen. Ich sitze hinter dem Schreibtisch.

»Benno ist ein spanischer Cockerspaniel. Er hat ein rötlich-braunes Fell und eine Marke am Ohr. Haben Sie ihn gefunden?«, fragt der ehemalige Metzger mit leiser Stimme.

»Das kann man sagen«, erwidert der Chef erbarmungslos. »Hinter der Turnhalle. (Tennishalle, denke ich. Wann wird er sich das endlich merken können? Sport war noch nie die Stärke meines Chefs.) Mausetot.«

Luba senkt seinen Kopf. Die Nachricht trifft ihn nicht unerwartet, scheint ihm aber dennoch nahezugehen.

»Ich will Ihnen die Einzelheiten ersparen. Das war kein schöner Anblick. Wir gehen davon aus, dass Ihr Hund in der Mordnacht mit einem Messer erstochen wurde. Die Wunden deuten darauf hin, dass es sich um dieselbe Tatwaffe handelt, mit der auch Lisa Kühner und Anna Winter ermordet wurden. Waren Sie in der Mordnacht am besagten Ort, und wenn ja, wieso haben Sie das bisher verschwiegen?« Der Chef ist in seinem Element. Ein Polizist zu sein, das heißt nicht nur, eine bestimmte Haltung einzunehmen, sondern auch ein Fachvokabular zu verwenden. Helbich zaubert die richtige Terminologie aus dem Hemdsärmel, Hauser und ich sind ganz Ohr.

Die Schimpftirade zeigt Wirkung. Luba sinkt in sich zusammen und starrt den Boden an. »Ich gehe jeden Abend … ich ging jeden Abend mit Benno Gassi. In der Regel gehe ich gegen halb elf los und mache eine große oder kleine Runde, je nach Wetter. Die große Runde dauert eine knappe Stunde. Dabei komme ich unter anderem an der Tennishalle vorbei. So auch in der Mordnacht. Wir, ich meine, Benno und ich, waren ungefähr vierzig Minuten unterwegs gewesen, es dürfte also kurz nach elf gewesen sein, als wir vor der Tennishalle angelangt sind. Benno lief immer ein gutes Stück voraus, manchmal über hundert Meter. Ich ließ ihn laufen, weil ich wusste, dass er auf mich wartete. Außerdem ist er … war er recht wohlgenährt. Es bestand also keine Gefahr, dass er hinter einem Hasen herjagte, oder so …«

»Was ist passiert, als Sie zur Tennishalle kamen?«

»Benno war weit vorausgelaufen. Ich hatte ihn aus den Augen verloren. Der Weg, den ich gehe, ist kaum beleuchtet, und der Himmel war ziemlich bedeckt in dieser Nacht. Ich sah kaum die Hand vor den Augen. Als ich bei den Straßenlampen vor der Tennishalle angekommen war, rief ich nach Benno. Normalerweise kam er sofort angelaufen. Aber nichts. Ich ging ein Stück weiter und rief nochmals. Noch immer keine Reaktion. Er war wie vom Erdboden verschluckt. Er hat nicht gebellt, das hätte ich sicher gehört.«

»Was haben Sie dann gemacht?«

»Ich ging die Mauer der Tennishalle entlang und rief immer wieder nach Benno. Nach einer halben Stunde gab ich auf und ging nach Hause. Als ich dort ankam, war es viertel vor zwölf.«

»Sie haben nicht genauer gesucht?«

»Es war schon sehr spät und, wie schon gesagt, ich habe fast nichts gesehen. Ich wollte am nächsten Tag gleich am Morgen wieder dorthin gehen, um weiterzusuchen.«

»Haben Sie nichts Verdächtiges bemerkt? Sind Sie niemandem begegnet?«

»Ich bin auf dem gleichen Weg zurückgegangen, da ich Benno schon ziemlich lange nicht gesehen hatte. Es hätte sein ja können, dass er nach Hause gelaufen ist. Unterwegs habe ich Ernst Liebling gesehen. Er kam den Berg vom Hubertus herab. Er schien in Eile zu sein.«

»Sie haben Ernst Liebling gesehen? Und er kam aus der Richtung des Hubertus?« Helbichs Stimme ist heiser vor Erregung.

»Das habe ich gesagt. Ich weiß nicht, woher genau er kam. Es kann auch sein, dass er einfach nur von seiner Hütte kam, die liegt ja auch da hinten am Waldrand.«

»Warum haben Sie das alles nicht früher gesagt?«

Luba schweigt einen Augenblick. Dann sagt er: »Als ich gestern Morgen, na ja, es war etwa elf Uhr, losging, um Benno zu suchen, habe ich von den Morden gehört. Ich weiß, wie schnell im Dorf Gerüchte entstehen und fürchtete, dass Sie mich des Mordes verdächtigen, weil ich ja zur Tatzeit in der Nähe des Tatorts war. Und wenn erst einmal ein Verdacht entsteht …«

Die Luft im Zimmer wird immer stickiger. Ich habe Lust, ans Fenster zu gehen und frische Luft hereinzulassen, wage es jedoch nicht, das Verhör meines Chefs zu unterbrechen. Der Sauerstoffmangel und die Fülle der neuen Informationen, die Emil Luba in fast einem Atemzug geliefert hat, wirbeln meine Gedanken durcheinander. Ernst Liebling war also in der Mordnacht nicht in seiner Hütte, wie er behauptet hat? Noch ein Punkt, den er mir verschwiegen hat! Aber wenn ich Lubas Erzählung richtig folgen konnte, dann hat er Liebling gesehen, nachdem Benno verschwunden war. Entweder ist Benno tatsächlich davongelaufen und dem Mörder, in dem Fall dann Liebling, später zufällig über den Weg geraten, oder aber der wahre Mörder saß im Gebüsch, und dann ist Liebling unschuldig, aber wieso war der Mörder im Gebüsch, wo wir doch wissen, dass Anna Winter zuerst in ihrem Hotelzimmer umgebracht worden war … Ich verstehe gar nichts mehr.

Jemand klopft an der Tür. »Herein!«, ruft Helbich.

Einer der Jungs von der Spurensicherung steckt seinen Kopf zur Tür herein.

»Ja, bitte?«, fragt der Chef.

»Wir haben Neues vom Hund«, erwidert der Beamte.

»Na, dann raus mit der Sprache!«

»Der Hund wurde nicht im Gebüsch erstochen, sondern erst dorthin geschafft, nachdem er tot war. Es gibt Schleifspuren am Rücken, die beweisen, dass er ein Stück über Pflastersteine und Kies gezogen worden sein muss.«

Helbich nickt nachdenklich: »Danke.« Der Kopf verschwindet wieder und die Tür schließt sich.

»Ab wann haben Sie Ihren Hund aus den Augen verloren?«, richtet der Chef sich wieder an Luba.

»Kurz vor der Kreuzung vor der Tennishalle, da, wo es zum Hubertus abgeht. Auf dem Fußgängerweg neben der Schwandtner Straße. Benno lief links von der Hecke, auf dem Feld, da konnte ich ihn nicht sehen. Aber ich habe mir keine Gedanken gemacht, weil er dort immer ein wenig schnüffeln ging.«

Au! Ich fühle es. Ernst Liebling gehört dem Teufel. Der Gesichtsausdruck des Kommissars ist grimmig und entschlossen. Mit einer Handbewegung bedeutet er Emil Luba, dass er entlassen ist.

»Aber halten Sie sich bitte weiterhin zu unserer Verfügung!«

Der ehemalige Metzger verabschiedet sich mit einer kleinen Verbeugung. »Wie komme ich jetzt wieder nach Schönsee?«, fragt er höflich.

»Wie bitte?«

»Ich habe kein Auto. Einer Ihrer Beamten müsste mich bitte zurückbringen.«

Helbich seufzt tief. »Hauser, sagen Sie dem Herrn Horn, dass er doch bitte Herrn Luba nach Hause fahren soll!«

Kaum ist die Tür erneut geschlossen, da explodiert Helbich. »Jetzt haben wir ihn! Jetzt haben wir ihn!«

Er bezieht sich auf Ernst Liebling, und ich muss ihm wohl oder übel zustimmen. Alles spricht gegen unseren Hauptverdächtigen. Er wurde in der Nähe des Tatorts gesehen, hatte ein oder gar mehrere Motive und war physisch in der Lage, die Gewalttaten zu verüben. Es ist gut möglich, dass er Benno vor der Turnhalle erstochen und dann später hinter den alten Bahnhof geschleift hat. Aber wieso hat er den armen Hund erstochen?

Das werden wir gleich erfahren. Helbich reißt die Tür des Büros auf, ruft Pete herbei und befiehlt ihm, Liebling aus der Zelle zu holen.

»Herr Völkl! Seien Sie so gut und bringen Sie uns Ernst Liebling. Wir haben ein Hühnchen mit ihm zu rupfen.« Im Eifer des Gefechts verzichtet der Chef auf seine vornehmen Beamtenausdrücke.

Der Mann, der wenige Augenblicke später den Vernehmungsraum betritt, wirkt müde und erschöpft. Seine Haare sind zerzaust, er hat sich seit gestern offenbar nicht gewaschen. Die hygienischen Verhältnisse hier in der Polizeiinspektion entsprechen aber den gesetzlichen Vorschriften. Er könnte sich durchaus am Waschbecken reinigen, wenn er denn wollte.

Unser Häftling zeigt kein Zeichen von Überraschung. Er scheint auf diesen Moment vorbereitet zu sein. Er setzt sich auf den Stuhl, den Luba soeben verlassen hat.

Helbich kommt sofort zur Sache. »Herr Liebling, ein Zeuge hat Sie in der Mordnacht bei der Turnhalle gesehen. Bisher haben Sie behauptet, Ihre Hütte an dem besagten Abend nicht verlassen zu haben. Wieso haben Sie gelogen, und was hatten Sie in der Nähe der Turnhalle zu suchen?«

Ernst Liebling schlägt die Hände vors Gesicht. Oje! Hoffentlich fängt er jetzt nicht an zu heulen. Auch Hauser macht eine angeekelte Miene.

Einige Sekunden verstreichen, dann nimmt Liebling die Hände wieder vom Gesicht. Er seufzt tief. »Ich schwöre, dass ich niemanden umgebracht habe! Ich bin unschuldig!«

»Antworten Sie auf meine Frage! Was wollten Sie dort?« Helbichs Stimme ist scharf und schneidend wie die Klinge einer Sichel.

»Ich bin spazieren gegangen. Das ist doch nicht verboten, oder?«, erwidert Liebling trotzig.

Helbich lacht trocken. »Spazieren gegangen? Und Sie meinen, ich glaube diesen Blödsinn? Gleich werden Sie mir erzählen, dass Sie Anna Winter noch nie gesehen haben und dass Sie sie nie erpresst haben!«

Diese Worte verfehlen Ihre Wirkung nicht. Ernst Liebling zuckt zusammen und erblasst. »Wie ... woher ... wann ...?«, stammelt er.

»Das Spiel ist aus, Liebling. Vorbei! Finito! Arrividerci! Ich werde Ihnen sagen, wie sich alles zugetragen hat: Sie sind ins Hotel gekommen, um wie immer Ihre kleine Rente einzukassieren. Frau Winter hat sich geweigert, Sie weiter zu bezahlen, und Sie haben ein Messer gezogen, um Sie zu bedrohen. Sie wollte aber nicht nachgeben, da haben Sie zugestochen! Geben Sie es zu!«

Liebling vergräbt das Gesicht in seinen Händen und schüttelt heftig den Kopf. »Nein! Nein!«

»Doch! Doch! Danach haben Sie überstürzt das Hotel verlassen, aber nicht ohne das Geld mitgehen zu lassen. Um diese späte Uhrzeit gab es niemanden mehr im Hotel. Sie konnten ungesehen aus dem Haus kommen. Aber nicht ganz ungesehen. Ein Zeuge hat Sie gesehen. Und Sie wissen auch wer: Emil Luba. Sie haben nämlich seinen Hund umgebracht!«

»Wen soll ich umgebracht haben? Den Benno? Nie im Leben.« Lieblings Erstaunen wirkt echt. Helbich lässt sich davon nicht beirren.

»Anschließend haben Sie hinter der Turnhalle gelauert und dort auf Lisa Kühner gewartet, mit der Sie sich höchstwahrscheinlich vorher verabredet hatten. Sie haben das junge Mädchen grausam ermordet.«

»Nein!«, ruft Liebling mit erstickter Stimme.

»Gepackt von einem besinnungslosen Blutrausch, haben Sie Ihre Ex-Frau aufgesucht und sie unter irgendeinem Vorwand zum Bach gelockt. Dort haben Sie sie mit einem dumpfen Gegenstand niedergeschlagen. Womit haben Sie Ihre Ex-Frau niedergeschlagen? Mit einem Stock, der am Wegrand lag? Oder einem Stein aus dem Bach? Womit? Wieso haben Sie sie nicht einfach auch erstochen?«

Die Fragen prasseln wie Donnerschläge auf Liebling herein. Er sitzt zusammengesunken auf dem Stuhl, seine Schultern zucken, er schüttelt den Kopf, sagt aber nichts.

»Morgen früh werden Sie dem Untersuchungsrichter in Amberg vorgeführt. Bis dahin können Sie sich noch einmal überlegen, ob Sie nicht gestehen wollen, um Ihr Gewissen zu erleichtern. Herr Völkl!«

Pete kommt und bringt Liebling zurück in seine »Zelle«. Helbich reibt sich zufrieden die Hände. Ich kann die triumphierenden Blicke, die mir meine beiden Kollegen zuwerfen, nur schwer ertragen.

»Chef, ich würde gern noch ein paar Worte mit Liebling wechseln ...«

»Gerade noch saß er hier. Aber meinetwegen ..., passen Sie nur auf, dass er Ihnen nicht an die Gurgel geht.«

»Danke, Chef.«

Ernst Liebling liegt auf seiner Pritsche und starrt die Decke an, als ich vor die Zelle trete. Er schaut nicht in meine Richtung, hält mich vielleicht für Helbich, der gekommen ist, um ihn noch tiefer in den Graben zu stoßen. Ich setze mich auf einen umgedrehten Plastikeimer vor die Zellentür und beginne ohne Umschweife:

»Wieso haben Sie mich angelogen?«

Liebling zuckt zusammen, grummelt vor sich hin und stützt sich mit Mühe auf einen Arm.

»Sie haben mir nicht gesagt, dass Frau Winter Ihnen monatlich Geld überwies, weil Sie sie erpresst haben. Sie haben verschwiegen, dass Sie in der Mordnacht in der Nähe der

Tatorte waren. Wer soll da noch an Ihre Geschichte glauben?«

Er fährt sich verlegen mit der Hand über den Mund. »Ich werde Ihnen alles erklären …«

»Das hoffe ich sehr! Und diesmal sagen Sie mir gefälligst die volle Wahrheit. Schließlich habe ich Ihnen vertraut, mich bemüht, Ihnen zu helfen, und so haben Sie es mir gedankt!«

»Ich weiß … und es tut mir leid. Aber ich bin wirklich unschuldig, das müssen Sie mir glauben!«

»Im Moment glaube ich gar nichts!«

»Ich habe Ihnen schon erzählt, dass ich vor langer Zeit für den Baron als Türsteher gearbeitet habe und dass ich dabei Anna Meyer, die spätere Frau Winter, getroffen habe. Anna war ein sympathisches Mädel, nicht so hochnäsig wie manch andere. Ich empfand beinahe … gewisse Gefühle ihr gegenüber. Wir haben uns recht gut verstanden. Aber als ich mit der Arbeit aufgehört habe, haben wir uns aus den Augen verloren.

Später habe ich gehört, dass sie diesen alten Tattergreis Winter geheiratet hatte, und irgendwie freute ich mich für sie. Schließlich hatte sie auf diese Weise eine sichere Existenz. Eines Tages kam sie für irgendeine offizielle Veranstaltung ins Dorf. Sie war sauber rausgeputzt, eine respektable Frau halt. Ich bin zu ihr hingegangen, um Hallo zu sagen. Sie hat mich wiedererkannt, aber ich merkte schnell, dass sie sich nicht besonders gefreut hat, mich zu sehen.«

»Wie das?«

»Ich hab mich im Hintergrund gehalten, bis ihr Alter, der Bürgermeister und die ganze Sippschaft ausreichend weit weg waren, und dann hab ich sie zur Rede gestellt. Ich hab zu ihr gesagt: ›He Anna! Kennst du denn den Ernst nicht mehr?‹ Ich hatte nicht vor, sie vor den anderen bloßzustellen oder ihr auf die Nerven zu gehen. Ich freute mich einfach nur, sie zu sehen. Und ich verstand gut, dass sie keine Lust hatte, sich vor allen Leuten mit mir über ihre Vergangenheit zu unterhalten. Ich dachte mir, dass es ihr gefallen könnte, über die gute alte Zeit zu plaudern, aber da hatte ich mich getäuscht!

Zuerst tat sie so als würde sie mich nicht kennen: ›Aber ich kenne Sie nicht, mein Herr!‹ Da riss mir ein wenig der Geduldsfaden, und ich habe zu ihr gesagt: ›Aha, kaum hat die Dame ein bisschen Geld und Einfluss, schon glaubt sie, dass sie alte Freunde vergessen kann!‹ Da hat sie sich verzweifelt umgesehen, ob auch wirklich niemand zuhört und zurückgeflüstert: ›Was machst du denn hier?‹ Also hab ich ihr erzählt, dass ich in Schönsee ein Haus gebaut und geheiratet habe. Sie sah sich ständig um, ängstlich, wie ein scheues Kaninchen und hat mir gesagt: ›Du, ich glaube, es wäre besser, wenn man uns nicht zusammen sieht!‹ Ich habe geantwortet, dass ich sie verstehe, was vergangen ist, das ist vergangen, dass ich mein Maul halten würde und dass sie mir vertrauen könne. Und ich hab mein Wort gehalten, Herr Kommissar! Ich hab niemandem davon erzählt!«

Das erklärt, wieso im Dorf keiner auf dem Laufenden ist, sage ich mir in Gedanken. Nicht einmal der Pfarrer.

»Wann haben Sie begonnen, Frau Winter zu erpressen?«

Er schweigt kurz, überlegt. »Wer hat Ihnen das erzählt?«

»Das kann ich Ihnen nicht sagen!«

»Ich kann mir denken, wer es war … dieser alte Gauner! Aber eines Tages krieg ich ihn noch, diesen Banditen!« Er ballt seine Fäuste.

Ich wiederhole meine Frage: »Seit wann erpressten Sie Frau Winter?«

»Nicht lange nach dieser Veranstaltung kaufte der Baron den großen Hof und zog dort ein. Das hat mir vielleicht einen Schlag versetzt. Anna kam einmal im Monat und verbrachte den Abend und einen Teil der Nacht bei ihm. Und ich musste machtlos zusehen, während ich kaum wusste, wie ich die nächste Rate für das Haus zahlen soll, in dem die Julia wohnt ... gewohnt hat. Dann hat der Baron Julia bei sich eingestellt, angeblich um sauber zu machen! Das hat das Fass zum Überlaufen gebracht!« »Und?«, ermuntere ich ihn, fortzufahren.

»Und da hab ich mir gesagt: ›Ernst, die nehmen dich auf den Arm.‹ Mich halten alle für einen Ganoven, und der Baron wird überall mit Verbeugungen und Ehrbezeugungen empfangen ...«

Er hat sich in Rage geredet. Seine Backen haben eine rötliche Farbe angenommen. »Deshalb bin ich eines Tages zum Hubertus, und ich hab Anna erklärt, dass ich mich nicht länger an der Nase herumführen lassen werde, dass ich allen im Dorf und einem Bekannten bei der Zeitung von ihrer früheren Berufstätigkeit erzählen werde, wenn sie mir nicht eine kleine Entschädigung zukommen lässt ... eine Entschädigung für erlittene moralische Erniedrigungen ...«

»Sie haben also Geld von ihr verlangt?«

»Ich habe fünfzehntausend Euro gefordert. Für diese Leute ist das ein Taschengeld ...«

»Wie hat Sie darauf reagiert?«

»Sie hat nicht einmal mit der Wimper gezuckt, sondern in aller Seelenruhe genickt und gemeint, dass ich ihr eine Woche Zeit zum Nachdenken geben sollte.«

»Und nach dieser Woche?«

»... ist sie wieder zu mir gekommen und wir haben ein Arrangement gefunden.«

»Wann genau war das?«

»Vor drei Jahren ungefähr. Damals begannen auch meine ehelichen Schwierigkeiten.«

»Und zu welcher Abmachung sind Sie gelangt?«

»Sie hat sich geweigert, mir eine feste Summe auf einmal auszuzahlen, da sie damit rechnen müsste, dass ich mich damit nicht zufrieden gebe und dass ich in Zukunft immer mehr will. Aber sie gab mir ihr Ehrenwort, dass sie mir jeden Monat eine kleine Rente überweisen würde ...«

»Das heißt?«

»Na ja, dass sie mir jedes Mal, wenn sie ins Dorf kam, fünfhundert Euro mitbrachte ...«

Ich überlege. »Und sie hatte das Geld immer mit sich?«

»Immer!«

»Wann hat sie Ihnen das letzte Mal Geld gegeben?«

»Eigentlich sollte sie mir vorgestern wieder Geld geben. Um elf hinter dem Jagdmuseum beim Hubertus. Das war unser Treffpunkt. Wir trafen uns immer nachts, um nicht gesehen zu werden.«

»Warum haben Sie mir nicht gesagt, dass Sie Anna Winter in der Mordnacht gesehen haben? Haben Sie sie umgebracht?« Meine letzte Frage ist nicht sehr professionell, zu direkt, aber ich kann meine Ungeduld nicht mehr zügeln.

»Ich hab sie ja gar nicht gesehen. Ich hab eine halbe Stunde gewartet, sie ist nicht gekommen. Dann bin ich wieder gegangen. Ich hab sie nicht umgebracht! Wenn ich zugegeben hätte, dass ich mit ihr eine Verabredung in der Mordnacht gehabt habe, dann hätte Ihr Chef mich sofort eingesperrt!«

»Na, da haben Ihre Lügen Ihnen nicht viel gebracht. Wenn Sie die Tat gestehen, können Sie auf mildernde Umstände beim Richter hoffen, das wissen Sie ...«

»Aber ich werde doch nicht behaupten, drei Morde begangen zu haben, wenn ich damit nichts zu tun habe! Verdammt! Glauben Sie im Ernst, ich hätte meine kleine Maus …«

Weiter kommt er nicht. Ein tiefer Schluchzer entringt sich seiner Kehle. Ich fühle mich etwas verloren auf meinem umgedrehten Eimer. Ich stehe auf. »Wenn Sie es nicht waren, wer war es dann?«, frage ich, wobei ich die Frage mehr an mich selbst als an Liebling stelle.

Liebling schüttelt nur hilflos den Kopf. Ich sehe, dass es keinen Sinn macht, das Verhör fortzusetzen, und gehe zu Hauser und Helbich ins Büro zurück.

»Setzen Sie sich, Spichtinger. Ich werde gar nicht erst fragen, ob Sie diesem Verrückten ein Geständnis abgerungen haben. Dieser Kerl ist sturer als ein Esel.« Der Chef winkt ab.

Ich hole tief Luft und werfe mich ins kalte Wasser: »Wenn wir den Fall objektiv betrachten, haben wir eigentlich stichfeste Beweise oder Indizien, die gegen Liebling sprechen? Könnte nicht jeder andere Dorfbewohner ebenfalls der Täter gewesen sein?«

»Ist dies eine kabarettistische Einlage, Spichtinger? Was ist mit der Tatwaffe, die hinter seiner Hütte gefunden wurde? Seiner Verbindung zu den Opfern, sein Ruf, sein Wesen, seine Gewohnheiten, sein Vorleben, die Drohungen, die Erpressung, die … das …« Helbich sucht nach weiteren Argumenten, findet aber keines. »Reicht Ihnen das nicht, Spichtinger? Nein? Wieso sehen Sie grundsätzlich den Wald vor lauter Bäumen nicht? Jeder hier im Dorf hat förmlich darauf gewartet, dass Liebling einmal eine Dummheit anstellt. Was die Dummheit angeht, muss man sagen, dass er sich nicht mit halben Sachen abgibt.«

»Auf der Tatwaffe wurden keine Fingerabdrücke gefunden.«

»Natürlich nicht. Sie haben es sicherlich selbst schon bemerkt: Der Junge ist kein Idiot. Selbstverständlich hat er die Abdrücke abgewischt!«

Diesmal bleibt mir nichts anderes übrig: Ich erzähle alles, was ich in den letzten Tagen herausgefunden habe. Jedes Gerücht, angefangen vom Fußballtrainer (mit dem ich noch immer nicht gesprochen habe!), über die Ausflüge des Bürgermeisters nach Weiden bis hin zur obskuren Vergangenheit des Barons.

Mein Bericht erntet ein mattes Händeklatschen des Chefs. »Sehr schön, sehr schön. Aber was ändert das?«

»Was das ändert? Das heißt, dass auch der Bürgermeister ein Motiv hatte, der Baron keine weiße Weste trägt und auch Emil Luba nicht als Täter auszuschließen ist. Vielleicht hatte Lisa damit gedroht, Schmidts Annäherungsversuche an die Öffentlichkeit zu bringen. Oder stellen Sie sich vor, dass der Baron ein Auge auf Lisa geworfen hat, dass er versucht, sie für sich zu haben. Er könnte Frau Winter als Zwischenhändlerin beauftragt haben. Die Kleine aber will nicht, er wird wütend und bringt die beiden Frauen um …« Meine Theorien sind nicht überzeugend. Ich merke es selbst. Sowohl Hauser als auch der Chef schütteln zweifelnd den Kopf. Letzterer macht zwei Schritte auf mich zu und blickt mir tief in die Augen: »Mein lieber Spichtinger, sie haben eine zu lebhafte Fantasie!« Er macht eine kleine Pause und fügt dann väterlich hinzu: »Gut, wie wär's mit einem Döner? Hahaha!«

Ich bin so verwirrt und hilflos, dass ich Helbich, Hauser und Pete glatt zur Dönerbude gegenüber der Polizeiinspektion folge. Der Geruch des aufgespießten Fleisches verstärkt mein Übelkeitsgefühl in der Magengegend. Ich fühle mich ganz schwach.

»Mit alles?«, fragt der türkische Besitzer meine Kollegen, von denen jeder eine Falafel bestellt.

»Jo, mit alles«, dröhnt Helbich.

Wir setzen uns an einen der wackeligen Metalltische. Der Geruch von abgestandenem Frittierfett steht in der Luft. Wie kann man sich nur freiwillig einer solchen Bakterieninvasion ausliefern, frage ich mich.

»Sie essen nichts«, fragt mich der Chef spöttisch. Ich schüttle müde den Kopf.

Helbich schlägt vor, dass wir beim Essen nicht über die Ermittlungen reden. Ganz recht, sage ich mir, es gibt ohnehin keine Ermittlungen. Von Anfang an stand der Täter fest, die Gerüchteküche hat ihr abscheuliches Fertigmenu dargeboten, und meine Kollegen haben herzhaft hineingebissen. So wie jetzt in ihre Döner.

Die Unterhaltung plätschert vor sich hin. Keiner weiß so recht, was er sagen soll. Dreißig Stunden sind erst vergangen, seit Lenis Anruf.

Der Bürgermeister kommt mir in den Sinn, und der Zorn verdrängt nach und nach meine Müdigkeit. Dieser Möchtegernlandrat tyrannisiert seine Frau, jagt hinter jedem Weiberrock her und wäscht sich rein allein durch die Tatsache, dass er Bürgermeister ist. Dieser Schmidt sollte sich eher schämen. Stattdessen hat ihn der Größenwahn gepackt. Er glaubt, er kann sich alles erlauben! Wieso nicht auch ein paar Morde?

Und der Baron? Das Muster ist dasselbe. Reich, eingebildet, korrupt. Bin ich nicht ein wenig neidisch? Auch ich würde mir gern eine hübsche Maitresse leisten.

Neben mir erzählt der Chef von einem Vereinsabend der »Bierbüffel«: »Ich sag's Ihnen, meine Herren! Unsereins hält sich ja immer für trinkfest, aber wenn Sie einmal diesen Leuten beim Saufen zugesehen haben, dann setzen Sie andere Maßstäbe an. Wissen Sie, was bei denen vor zwei Wochen als Vereinsmeisterschaft auf dem Programm stand? Geschwindigkeitstrinken! Dabei ging es darum, wer am schnellsten eine Maß Bier leeren kann. Raten Sie mal, wie schnell der Gewinner war. Da kommen Sie nie drauf! Los, Spichtinger! Wie schnell schätzen Sie?«

Ich habe nur mit halbem Ohr zugehört und bin leicht überrumpelt. »Äh ... trinken ... schnell trinken ... also ...«

»Sagen Sie nur, Sie haben heute schon an einem Wetttrinken teilgenommen, Spichtinger!« Gegröle.

»Zwanzig Sekunden«, schlägt Hauser vor.

»Viel schneller!«, ruft Pete. »Das sind doch keine Weiber! Ich sag acht Sekunden!«

»Nicht schlecht, Herr Völkl. Sie sind nah dran. Sechs Komma vier Sekunden hat der Gewinner gebraucht. Sechs Komma vier. Das ist doch der Wahnsinn oder?«

Was zu viel ist, ist zu viel. Ich sage, dass ich etwas in meinem Büro vergessen habe und stehe auf. »Was haben Sie denn vergessen?«, fragt Hauser.

Verflixt!

»Ich, also ... Ich wollte noch mal im Vorstrafenregister nachschauen und ...«

Aber meine Kollegen hören schon gar nicht mehr zu, sondern unterhalten sich angeregt über die »Bierbüffel« und deren Trinkleistungen.

Ich überquere die Straße und gehe wieder in die Polizeiinspektion. Der Mich ist nirgends zu sehen. Ich schaue ins Vernehmungszimmer. Ah, da sitzt er ja vor dem Computer und surft im Internet.

»Alles klar, Mich?«

»Ja, ja«, murmelt mein Kollege in irgendein Spiel vertieft.

Ich ziehe mich in den Vorraum zurück und lasse mich in einen Sessel sinken. Da klingelt das Telefon.

»Polizeiinspektion Oberviechtach. Spichtinger am Apparat. Was kann ich für Sie tun?«

»Guten Tag, Herr Spichtinger.« Ich erkenne die Stimme von Emil Luba.

Der ältere Mann räuspert sich und hüstelt. »Ihr Kollege hat mir auf der Fahrt nach Schönsee mitgeteilt, dass Ernst Liebling nach Amberg in die Untersuchungshaft gebracht wird, und ... also ..., dass dies auch in erster Linie an meiner Aussage liegt. Schließlich bin ich es, der Ihnen gesagt hat, dass der Ernst in der besagten Nacht vor der Tennishalle gewesen ist.«

»Ja, und?« Wollen Sie Ihre Aussage wieder rückgängig machen?«

»Nein, nein. Es stimmt schon, dass ich ihn gesehen habe. Aber Ernst hat Benno nie im Leben umgebracht. Er ist total verrückt nach Hunden, liebt sie. Er hätte Benno niemals auch nur ein Haar gekrümmt. Wenn derjenige, der Benno erstochen hat, zugleich der Mörder der Frauen ist, dann kann Ernst nicht der Täter sein. Das glaube ich einfach nicht! Und ich will nicht, dass meinetwegen ein Unschuldiger ins Gefängnis geht. Auch wenn wir nicht die besten Freunde sind.«

»Die Frauen hätte er theoretisch töten können, nicht aber Ihren Hund? Das ist eine gewagte These …«

»Ich weiß, dass das komisch und absurd klingt, aber ich bin absolut überzeugt davon, sonst hätte ich Sie nicht angerufen!«

»Immer mit der Ruhe.« Ich hebe beschwichtigend die Hände, auch wenn er mich nicht sehen kann. »Das sollte keine Kritik sein. Auch ich glaube, dass Ernst Liebling unschuldig ist.«

Luba stößt einen überraschten Schrei aus. »Sie … Wie … aber wieso bringen Sie ihn dann nach Amberg?«

»Weil ich hier der Einzige bin, der an seiner Schuld zweifelt. Der Bürgermeister hat gute Arbeit geleistet …«, sage ich und warte auf die Reaktion meines Gesprächspartners.

»Dieser alte Hund! Das sieht ihm ähnlich! So schlägt er zwei Fliegen mit einer Klappe. Der Mörder ist angeblich gefasst, die Einheimischen beruhigen sich und stellen keine unbequemen Fragen, und zugleich ist er Liebling los, der ihm schon immer ein Dorn im Auge war.«

»Könnte er nicht selbst der Täter sein?«, frage ich, froh endlich jemanden gefunden zu haben, der meine Befürchtungen teilt.

»Schmidt? Der macht sich die Hände nicht schmutzig. Nein, nein. Ich habe nicht die geringste Ahnung, wer die drei Frauen und Benno auf dem Gewissen hat. Eines ist sicher: Es muss sich um eine wahrhaft finstere und traurige Seele handeln!«

Oh, der Literat und Philosoph kommt bei ihm durch!

»Hrm, ja. Natürlich. Aber bei meinen Kollegen werden Sie auf taube Ohren stoßen. Die haben sich auf Liebling eingeschossen und werden ihre Meinung so schnell nicht ändern ...«

Nach dem Gespräch bleibe ich sitzen und nutze die Zeit, um über das nachzudenken, was mir Luba soeben mitgeteilt hat. Auch wenn er mir nicht volles Vertrauen zu schenken scheint, so hegt er doch dieselben Zweifel wie ich. Ich bin neugierig, wie Helbich auf Lubas Aussage reagieren wird. Emil Luba glaubt nicht, dass Bürgermeister Schmidt für die Taten verantwortlich ist. Hm. Vielleicht hat er recht. Das bleibt noch abzuwarten.

Helbich, Hauser und Pete kommen lachend die Treppe hoch. Ich höre, wie sie in den Gesellschaftsraum gehen. Ich weiß, dass es hoffnungslos ist, aber ich folge ihnen dennoch, um ihnen von Lubas Anruf zu berichten. Als ich den Vorraum verlasse, fällt mein Blick auf ein paar Fotografien, die auf einem Regal liegen. Sie zeigen ein langes blutbeflecktes Messer. Das muss die Tatwaffe sein. Komisch. Ich schaue näher darauf. Solche Messer habe ich doch irgendwo schon gesehen. Vor allem der Griff erinnert mich an etwas: schwarz mit drei messingfarbenen Punkten und einem hellen Ende. Andererseits gibt es solche Messer vermutlich in jedem normalen Haushaltswarenladen zu kaufen. Ich lege die Fotografien wieder weg und gehe weiter.

»Emil Luba hat gerade noch einmal angerufen«, sage ich, als ich in den Gesellschaftsraum trete.

»Und was wollte er?«

»Er meinte, dass Ernst Liebling bestimmt nicht seinen Hund umgebracht hat.«

»Ach ja? Wieso denn das?«

»Weil Liebling angeblich sehr tierlieb ist und Benno niemals etwas angetan hätte.«

»Na, dann müssen wir wohl vollkommen auf der falschen Fährte sein, Spichtinger.« Helbich gluckst. Sein Doppelkinn hüpft auf und ab. »Dann kann Liebling unmöglich der Täter sein!«

»Ach ja?« Gibt es das, so einen radikalen Wandel? Ist es möglich, dass ich meinen Chef überzeugt habe …?

»Ja, unmöglich! Die drei Frauen, na ja, also die hätte er schon umbringen können. Aber eines wirft unsere gesamte Mordtheorie über den Haufen. Der Hund. Niemals hätte Liebling einen Hund getötet.« Hauser lacht aus vollem Hals.

»Ah, dann ermitteln wir also weiter?«, frage ich.

Das Gelächter verstummt. Hauser, Helbich und Pete sehen mich seltsam an. »Wie, was meinen Sie damit, Spichtinger? Wollen Sie damit sagen, dass Sie diesem Scherzkeks da glauben, was er daherfabuliert?«

»Wieso nicht? Ich meine, vielleicht …« Weiter komme ich nicht. Mein Chef steht auf, rot im Gesicht, diesmal aber nicht aus Heiterkeit. »In einer halben Stunde kommen die Kollegen aus Amberg und bringen Ernst Liebling in die Untersuchungshaft. Wir haben ausreichend Indizien, um ihn lebenslang hinter Gitter zu stecken. Der Staatsanwalt ist hochzufrieden mit unserer Arbeit. Sollten Sie noch ein Mal, und ich sage ein Mal, wiederholen, das wir ›unbedingt weiterermitteln müssen‹, dann können Sie bald in Oberviechtach den Verkehr regeln und Strafzettel austeilen! Und das kann ein recht langweiliger Job werden, wo es doch im ganzen Nest eigentlich keinen Verkehr zu regeln gibt. Haben Sie mich verstanden?«

Ich habe verstanden.

Ich verlasse die Polizeiinspektion, unfähig, die Gegenwart meiner beiden Kollegen länger zu ertragen. Wohin? In einer Stunde ist Feierabend, und ich habe eigentlich nichts vor. Das Foto des Messers will mir noch immer nicht aus dem Kopf. Wo habe ich es nur schon gesehen? Wo? Vor allem der Griff … der Griff …

Wie ein Blitz fährt es mir in den Kopf! Hinter dem Tresen des Wirtshauses neben der Eisdiele stand ein hölzerner Messerhalter. Mindestens fünf solcher Griffe haben mir zugelächelt, während ich dort gestern Abend meine Zoiglbiere geschlürft habe.

Ich mache auf der Stelle kehrt und renne zurück ins Büro. »Chef! Ich weiß, woher die Tatwaffe kommt!« Hastig erzähle ich Helbich von meiner Erkenntnis.

Er nickt langsam. »Das ist in der Tat ein interessanter Hinweis. Liebling war dort ja Stammgast. Fahren Sie doch noch schnell nach Schönsee. Vielleicht kann die Bedienung ja bestätigen, dass ihr ein Messer fehlt.«

Oje, ohne es zu wollen, habe ich also einen weiteren Baustein in der Anklagemauer gegen Liebling geliefert. Na egal jetzt. Ich rase nach Schönsee. Knapp über meiner Rekordzeit, trotz des schlechten Wetters, trotz der hereinbrechenden Dunkelheit.

Ich stürme in die Wirtsstube. Das Dickerchen hinter dem Tresen mustert mich entgeistert. »Herr Kommissar, was machen Sie denn noch hier?«

»Ich suche ein Messer, Frau … Wie heißen Sie eigentlich?«

»Maria Spachtelhuber. Ein Messer? Ja, und wieso kommen Sie da zu mir?«

Spachtelhuber? Wie …?

»Sind Sie etwa mit der Leni vom Hubertus verwandt?«

»Die Leni ist meine älteste Tochter …«

»Ja, wieso haben Sie mir das denn nicht früher gesagt?«

»Sie haben mich nicht danach gefragt! Und überhaupt, was gehen Sie unsere Familienverhältnisse an.«

»Ich will wissen, ob Ihnen ein Messer fehlt … So eins«, sage ich und deute auf den Messerhalter hinter dem Tresen.

»Ob mir ein Messer fehlt? Nein, wieso?«

»Sind Sie ganz sicher?«

»Ganz sicher. Aber jetzt erklären Sie mir mal, was diese Fragerei eigentlich soll.«

Enttäuscht lasse ich die Schultern sinken. Schon wieder eine Spur, die im Sand verläuft.

»Ich meine, Sie können auch die Leni fragen«, meint die Bedienung.

»Wieso die Leni?« Jetzt bin ich an der Reihe, verblüfft aus der Wäsche zu gucken.

»Sie hat sich letzte Woche eins der Messer ausgeliehen. Vielleicht hat sie es ja verloren.«

Leni? Meine Gedanken beginnen zu rasen. Was, wenn Leni …? Ich springe auf und laufe zu meinem Wagen.

Auf dem Weg zum Hubertus überlege ich, ob ich den Chef anrufen soll, aber der wird mich eh nur auslachen. Ich lasse es bleiben.

Ich parke direkt vor der breiten Eingangstür des Hotels. Ein Blick in das Handschuhfach bestätigt meine Befürchtungen: keine Waffe! Das Außenlicht geht an, als ich die Stufen vor dem Eingang hochsteige.

Die Rezeption ist in tiefes Dunkel getaucht.

»Leni? Hallo?«

Ich spähe ins Restaurant. Eine kleine Stehlampe über dem Tresen wirft ein kärgliches Licht in den Raum. Da! War da nicht eine Bewegung. Ein Stuhl scharrt auf dem Boden. Eine dunkle Gestalt kommt langsam auf mich zu. Schweigend.

»Leni?«, frage ich leise.

Der Schatten stößt ein heiseres Lachen aus und bleibt stehen. »Herr Kommissar! Sie suchen ein Messer, hat meine Mutter gesagt.«

Oh nein! Natürlich hat die Bedienung ihre Tochter vorgewarnt. Was soll ich jetzt tun? Ich kann im Dunkeln nicht erkennen, ob Leni eine Waffe in der Hand hält. Ich wage nicht, mich zu rühren. Stehe wie versteinert.

»Aber das Messer haben Sie doch schon längst gefunden.« Sie lacht wieder. Kein heiteres Lachen, sondern ein hämisches, böses Gelächter, das mir eine Gänsehaut verursacht. Ich kann nicht glauben, was ich höre. Sie muss betrunken sein, verrückt, müde. »Hinter der Hütte vom Ernst, wo ich es hingeschmissen habe!«

»Leni, ich …« Ich was?

»Ich hab sie umgebracht. Diese alte Hure, das kleine Flittchen und die scharfe notgeile Heilige. Erstochen hab ich sie wie ein paar Ferkel. Ich hab ihnen das Messer reingesteckt und umdreht …«

»Aber … wieso? Wieso?«, stottere ich.

»Jahrelang hab ich mich beleidigen lassen müssen. Als Hotelangestellte ist man doch nur ein Haufen Scheiße, auf dem alle herumtrampeln. Es hat gereicht, ganz einfach. Es hat gereicht.« Ihre Stimme schwillt zu einem schrillen Kreischen an.

»Was ist denn vorgestern passiert?«

»Die Winter war so bös wie nie zuvor. Ich war doch schon immer nix anderes als ein blöder Hund für sie. Sie hat geglaubt, sie kann mich herumkommandieren. Sie! Sie hat sich für eine Künstlerin gehalten. Ihren Arsch hat sie an alle verkauft, die ihr genug Geld geboten haben! Am liebsten hätte ich ihr gesagt: ›Dein Arsch ist auch nicht besser als meiner!‹ Immer hab ich mich zurückgehalten, aber was zu viel ist, das ist zu viel!«

Sie hält kurz inne und kommt einen Schritt näher. »Ich hab mitbekommen, dass sie sich immer mit dem Ernst auf dem Parkplatz getroffen hat. Da ist mir die Idee gekommen ... Jeder würde den Ernst verdächtigen, wenn die Winter umgebracht werden würde. Also hab ich ein scharfes Messer aus der Wirtsstube bei meiner Mutter genommen und bin ihr aufs Zimmer gefolgt. Sie hat versucht, sich zu wehren, aber gegen die Leni kommt man nicht so leicht an! Ich hab das Geld gepackt, das sie in ihrer Tasche gehabt hat, bin die Treppe runter und hab mich wieder an die Rezeption gesetzt.«

Stille. Ich sage nichts, will diese Stille nicht durchbrechen, dieses Geständnis nicht stören. Ich will zuhören, den Strom der Worte fließen lassen. Kein rettender Anker ist in Sicht. Der Kommissar in mir verschwindet, macht Platz für einen hilflosen Zuhörer, den die Schatten im Raum zu verschlingen drohen.

Auch Leni sagt nichts mehr. Daher frage ich mühsam: »Warum haben Sie nicht ein Messer von hier genommen? Aus Ihrer eigenen Küche?«

»Haben Sie diese eleganten Teile schon einmal gesehen? Da hätte ich ja gleich direkt zur Polizei gehen und gestehen können.«

»Aber wieso dann auch noch Lisa Kühner?«

»Das können Sie nicht verstehen. Auch sie hat sich hinter meinem Rücken über mich lustig gemacht. Hat mich ausgelacht, wenn mir mal ein Mann gefallen hat. Der Forster Karl war so nett zu mir, bis er dieses Flittchen gesehen hat. Wenn sie nicht gewesen wäre, hätte ich vielleicht endlich einen Mann finden können, aber sie hat ihm den Kopf verdreht … ich habe auf sie gewartet, an der Tennishalle. Da hat sie immer den Karl getroffen, nach der Mannschaftssitzung. Auf dem Weg zur Tennishalle ist mir dem Luba sein Hund nachgelaufen. Ich hab gar nicht nachgedacht, sondern dem Viech einfach den Hals abgeschnitten. Der hat keinen Laut gemacht, genauso wie die Lisl. Da musste ich eine geschlagene halbe Stunde zuschauen, wie sie den Karl abgeknutscht hat. Wie sie dann so dagelegen ist, hab ich ihren Rock hochgehoben, bloß um zu schauen, und da hab ich gesehen, dass sie nicht einmal eine Unterhose angehabt hat … also hab ich das Messer gepackt und …«

Leni schweigt. An was denkt sie? Soll ich eine Frage stellen, damit sie fortfährt? Doch ehe ich noch den Mund öffnen kann, spricht sie weiter: »Danach wollte ich ins Hotel zurück, ich war müde und wollte schlafen. Aber da hab ich gedacht: Das reicht noch nicht! Die Leute werden nicht glauben, dass es der Ernst war.«

»Sie mussten weitere Beweise gegen Liebling schaffen, und deshalb haben Sie die Julia …«

»Die Jule war recht überrascht, als ich so spät noch gekommen bin, und wollt erst nicht mit raus. Da hab ich ihr erzählt, dass der Emil mich geschickt hat, weil er sie sehen wollte. Also ist sie mitgegangen. Wir sind hintenrum den Bach entlang, damit uns keiner sieht. Ich hab sie gepackt und ihren Kopf gegen die Holzbank gehauen, ›donk, donk‹, dann war sie still und hat sich nicht mehr gerührt.

Ich hab gedacht, sie ist tot. Das Messer hab ich dann einfach beim Ernst in einen Busch geschmissen …«

Sie kommt langsam näher.

Jetzt sehe ich ihre Hände.

Sie sind leer.

Leni lächelt.

Galgeninsel

Schielins erster Fall

Mit *Galgeninsel* hat Bodenseekommissar Conrad Schielin seinen ersten Fall zu lösen. Und er findet sich gleich zu Beginn der Ermittlungen inmitten eines Gewirrs von Schicksalsschlägen, Macht, Gier und kriminellen Immobilienspekulationen. Dies alles vor der atemberaubenden Kulisse des Sees und der Berge. Nur gut, dass er in seiner Kollegin Lydia intelligente und humorvolle Unterstützung findet. Und nicht zu vergessen die Wanderungen mit Ronsard – seinem französischen Esel. Dabei findet er Ausgleich und die erforderliche Ruhe, um nachzudenken.

Pulverturm

Schielins zweiter Fall

An einem lauen Frühjahrstag wird die Leiche von Ottmar Kinker am Pulverturm in Lindau gefunden. Die Umstände deuten auf ein Verbrechen hin. Kommissar Conrad Schielin – gerade mit seinem Esel Ronsard auf Wanderung im Bodensee-Hinterland – wird zurückbeordert, um den Fall zu übernehmen. Er kennt das Opfer als eigenbrötlerischen, zurückgezogenen Junggesellen, der zusammen mit seiner Mutter und Schwester ein Haus in Reutin bewohnt und als Revisor tätig war.

Ottmar Kinker führte ein so unspektakuläres Leben, dass es schwerfällt, eine Vorstellung zu bekommen, worin das Motiv für die Tat begründet liegt. Die Ermittlungen ergeben, dass sich vor Kurzem etwas verändert haben muss, im Leben von Ottmar Kinker.

Rätsel geben auch die alten Briefe auf, die sich im Nachlass finden und ein düsteres Familiengeheimnis nahelegen. Welche Rolle spielte Ottmar Kinker bei der Privatisierung von Bahngrundstücken? Und schließlich – wer war die Frau, mit der Ottmar Kinker in letzter Zeit einige Male gesehen worden war?

Pulverturm
Jakob Maria Soedher
broschiert, 240 Seiten, € 9,95
ISBN: 978-3981026863

Novemberfrost

Dass es sich um einen psychopathischen Täter handeln muss, der die junge Frau brutal in ihrer Wohnung ermordete, ist Johannes Bucher vom LKA München sofort klar. Als er das private Umfeld von Maren Hengersberg genauer untersucht, stolpert er in einen Sumpf von Lebenslügen und kriminellen Machenschaften. Doch wo verläuft die Grenze zwischen doppelbödigen bürgerlichen Existenzen und einem kontrollsüchtigen Mörder, der nicht anders kann, als zu töten? Viel auserlesener französischer Wein muss fließen bis Bucher die Handschrift des Täters schließlich deutlich vor Augen hat.

Jakob Maria Soedher hat einen bemerkenswerten Einstand in der Welt der Krimiautoren gegeben. Er schreibt mit großem Feingefühl und Menschenkenntnis. Die Charaktere um Bucher sind in ihrer Individualität sehr überzeugend. Hinzu kommt neben einer gut durchdachten Story, die in abseits gelegene Winkel der Gesellschaft führt, die große sprachliche Stärke des Autors, der mit literarischen Bildern umzugehen weiß und bis zum Schluss den Leser immer wieder überrascht.

Heilbronner Stimme

Novemberfrost
Jakob Maria Soedher
gebunden, 488 Seiten, 17,90 €
ISBN: 978-3-9810268-1-8

Auenklang

Eine tote Frau in der Stille eines verwunschenen Auengrundes. In ihrem Haus findet sich ein Stapel geheimnisvoller Bücher. Ein Gartenbild Liebermanns von ungeklärter Herkunft steht plötzlich im Mittelpunkt der Ermittlungen, und der einsame Kerl im Wald gibt Rätsel auf. Gut, dass das LKA mit Johannes Bucher seinen besten Ermittler in die dörfliche Einsamkeit geschickt hat. Der findet die Spur zu einem schon fast vergessenen Unglück, das eine große Liebe zerstört und das Leben eines ganzen Dorfes verändert hat. Ein Krimi über vererbte Schuld, wohl gehütete Geheimnisse, eine große Liebe – und das Leben einer Frau, das ganz anders hätte verlaufen können.

»Auenklang besticht durch einen spannenden Plot und eine einfühlsame, zarte, erstaunlich präzise Sprache … ein spannender Kriminalroman, dessen eine Stärke … die realistische Darstellung von Polizeiarbeit ist. Die zweite Stärke ist die präzise Sprache, die auf Metaphern weitgehend verzichtet und stattdessen detailgenau und einfühlsam Menschen und Landschaften schildert.«

Hessischer Rundfunk

Auenklang,
Jakob Maria Soedher
gebunden, 336 Seiten, 16,90 €
ISBN: 978-3-9810268-1-8

Als Taschenbuch unter dem Titel *Requiem für eine Liebe* im Aufbau-Verlag (Berlin) erschienen.

Liebe und andere Gründe zu morden

Liebe und andere Gründe zu morden – wie könnte es da anders sein, als dass intelligent, hinterhältig, schamlos, lüstern – immer nach Herzenslust und mit voller Hingabe gemordet und gemeuchelt wird. Meistens erwischt es die Männer – ob im Bett, im Garten, am Küchentisch, oder – völlig ahnungslos – auf dem Mofa, nach der ersten Liebesnacht. Unsere Autorinnen und Autoren legen ihrer Fantasie keine Handschellen an! Die besten ihrer Zunft haben ihre packendsten Geschichten für diesen Band geschrieben. So finden sich hintergründige, erotische, düstere, heitere und melancholische Krimis, denen allen eines gemeinsam ist: die Lust am Thrill. Spannendes Lesefutter also, und ein charmantes Geschenk – für Ihre Liebsten …

»Die Krimisammlung Liebe und andere Gründe zu morden *enthält sehr unterschiedliche, durchweg intelligent erdachte und spannende Geschichten voller Hinterlist, Rachegelüste, Erotik und subtilem Humor. 19 Autorinnen und Autoren der Krimiszene zeigen hier ihr Können und beweisen wieder einmal: Der Fantasie sind keine Grenzen gesetzt, vor allem nicht, wenn es um Verbrechen geht. Dem geneigten Leser sei dieses Buch als ebenso einfallsreiche wie kurzweilige Literatur empfohlen.«*

Westdeutscher Rundfunk (WDR4)

Liebe und andere Gründe zu morden
broschiert, 160 Seiten, € 9,95
ISBN: 978-3981026 8-4-9